As Belas Adormecidas

GERENTE EDITORIAL
Roger Conovalov

PROJETO GRÁFICO
Lura Editorial

REVISÃO
Jaci Albuquerque

ILUSTRAÇÕES
Paulo Tiago Akio Ogura

CAPA
Lura Editorial

LURA EDITORIAL - 2019.
Rua Manoel Coelho, 500. Sala 710
São Caetano do Sul, SP – CEP 09510-111
Tel: (11) 4318-4605
Site: www.luraeditorial.com.br
E-mail: contato@luraeditorial.com.br

Catalogação na Fonte do Departamento Nacional do Livro
(Fundação Biblioteca Nacional, Brasil)

Ogura, Paulo Tiago Akio
As belas adormecidas / Paulo Tiago Akio Ogura - São Paulo:
Lura Editorial, 2019.

ISBN: 978-65-80430-54-3

1. Ficção 2. Romance I. Título.

Índice para catálogo sistemático:
I. Ficção. B869.1

www.luraeditorial.com.br

PAULO TIAGO AKIO OGURA

As Belas Adormecidas

A Ciência de Morgenstein

lura

“A escuridão pode trazer o terror,
mas se você olhar bem para ela,
verá as nuanças de sua imaginação.”

Sumário

Capítulo I - E a aventura começa 9

Capítulo II - Senhorita Primavera 15

Capítulo III - As noites e os fugitivos 17

Capítulo IV - O que acontece? 19

Capítulo V - Uma pequena luz 23

Capítulo VI - Uma breve investigação 25

Capítulo VII - E agora, o que fazer? 31

Capítulo VIII - Mais perto, mas não muito distante 39

Capítulo IX - Primeiros dias de aula 41

Capítulo X - O que fará Senhor Summer? 47

Capítulo XI - Uma escola sem suas principais peças 53

Capítulo XII - A biblioteca 59

Capítulo XIII - A enrascada 67

Capítulo XIV - Em busca de Angel 75

Capítulo XV - Distância abstrata 87

Capítulo XVI - Na enfermaria 91

Capítulo XVII - A visita 101

Capítulo XVIII - Mais um caso, o que fazer? 119

Capítulo XIX - Então você se esqueceu? 123

Capítulo XX - Uma nova visão 137

Capítulo XXI - De volta à biblioteca 145

Capítulo XXII - Prosseguindo 149

Capítulo XXIII - A verdade aparece 169

Capítulo XXIV - Uma grande decepção 179

Capítulo XXV - Um belo desfecho 183

Agradecimentos 191

Músicas 193

Capítulo I

E a aventura começa...

A tarde avançava rápido naquela casa antiga cheia de histórias vivas e muitas alegrias. Naquele momento, a agitação era grande, pois as visitas faziam o forno aquecer, os sons clarearem e as cores brilharem. Em quase todos os finais de semanas a família (o clã) se reunia. O pessoal nunca se cansava, na verdade. Esses encontros, apesar de em alguns deles haver conflitos, normalmente eram o momento de recarregar as baterias emocionais e energéticas.

Ele carregava a idade em seus ombros, ela não era um peso. Muito pelo contrário, ele sabia que tinha vivido muitas aventuras e que ainda viveria muitas outras. Ele era uma pessoa experiente, o que não o impedia de sentir medo de vez em quando, o qual ele dominava, mas sentia sua vivacidade esvair de suas mãos devido ao não enfrentamento do sentimento congelante. Ele estava sentado, tranquilo em seu escritório, recuperando-se do delicioso almoço comido em excesso.

Nesses dias, a comida era feita com maior carinho. Sua mulher cozinhava muito bem, mas nem sempre estava disposta a cozinhar somente para eles dois. Quando juntava a trupe familiar toda, seu ânimo crescia. Quando questionada sobre não cozinhar direito durante a semana, ela justificava que desaprendera a cozinhar para poucas pessoas. Realmente, ela fazia banquetes. Era de praxe sobrar comida, e os filhos e netos levarem-na para casa como marmita. Ele aproveitava esses momentos e comia como se não houvesse o dia seguinte. Mas quando sua pálpebra começou a fechar...

Toc! Toc! O silêncio foi interrompido por uma batida tímida na porta do escritório.

— Pode entrar! A porta está aberta! — gritou.

Em um piscar de olhos, o pequeno invadiu o escritório cheio de livros do mundo todo. Corria com toda a criancice que jorrava de seus olhos na busca do avô contador de histórias.

— Oi, vô! Tudo bem?

— Tudo! E você? — falou o avô, afagando a cabeça do neto.

— Mais ou menos... — falou o neto, desanimado.

— Mais ou menos? O que aconteceu?

— Não sei direito...

— Venha aqui.

O garoto se sentou cabisbaixo no colo do avô, um pouco desanimado, mas como em um passe de mágica, uma ideia surge em seu rosto.

— Vô, você pode me contar uma história?

— Uma história? Humm... que tipo de história você quer?

— Uma cheia de emoções! Cheia de correria!

O senhor de idade pensou um pouco e respondeu:

— Posso, sim! Posso começar? — perguntou o grisalho.

— Claro! — o neto se jogou e se ajeitou no sofá para escutar os relatos fantásticos de seu avô.

Como um exímio contador de histórias, ele calou-se por um tempo, buscando a melhor delas. Quando começou a falar, a atenção do garoto ficou presa a cada palavra que o avô pronunciava de forma melódica.

Não eram apenas as histórias que prendiam o garoto. Havia algo naquele avô que ninguém sabia explicar, muito menos o próprio avô. Seu dom era dar vida às coisas inanimadas. Não que elas sempre tivessem sido sem vida... Para ser mais justo, ele fazia as coisas reviverem, todas as memórias sem calor e sem cor passariam a ser quentes e coloridas.

Era tão mágico que, mesmo em lugares em que ninguém sabia que ele era contador de histórias, amante da arte, algumas pessoas o estimulavam a fazê-lo. Ele tinha aquela atração mística pela qual todas as crianças sentiam-se fascinadas. Tinha um ímã pessoal que não permitia que as pessoas ficassem muito tempo longe. Ele vivia rodeado de gente.

Depois de refletir um pouco, o avô já sabia qual delas ele contaria. Sentiu a nostalgia batendo em suas narinas, manteve-se de olhos fechados. Abriu-os somente quando deu início à história.

— Essa história aconteceu quando eu tinha mais ou menos a sua idade...

— Quando você tinha sete? — exclamou o garoto, empolgado.

— Humm — refletiu o avô. — Você só tem sete anos? — perguntou surpreso.

— Claro!

— Então eu era um pouco mais velho, acho que tinha uns quatorze.

— Ahh... — mostrou sua frustração.

O avô sorriu levemente, essa sinceridade infantil o deixava feliz. Não havia maldade no neto. Ficou refletindo sobre quantos homens e mulheres haviam passado em sua vida que não conseguiam ser sinceros consigo mesmos nem com os outros. Guardavam o sentimento dentro deles, fosse positivo como o amor ou negativo como o sofrimento, carregando-os por grande parte da vida. Sentir sem se expressar é matar o coração pouco a pouco, tornando-o um pedaço de pedra fria.

Torcia para que ele continuasse daquela forma, expressando-se.

— Eu estudava numa escola longe de casa. Ela era um pouco diferente... — falou quase distraído. — Todos os alunos tinham seus dormitórios e só voltavam para casa nas férias escolares.

— Tipo *Harry Potter*? — falou em um pulo animado o garoto. O avô riu.

— Mais ou menos. Nessa escola, embora morássemos lá, ninguém sabia nem aprendia a fazer magia. Seria muito legal se isso acontecesse, mas éramos todos estudantes normais. Ficávamos mais tempo longe de nossas famílias do que com elas. Tinha algo de bom nisso... Nós todos éramos independentes e responsáveis pelas próprias coisas.

— Mas eu sou responsável por minhas coisas, não sou?

O avô riu novamente.

— Sim, você é, mas é preciso continuar sendo — piscou o olho direito. — Continuando, sempre tínhamos planos de sair para o mundo, para além da escola, conhecê-lo e viver a nossa vida nele. É difícil encontrar esse tipo de escola por aqui. No meu tempo, ela era a única que eu conhecia. Quando voltava para a casa de meus pais, eu saía na rua para brincar com as outras crianças e todas me diziam que a minha escola não tinha como existir. Mesmo não mentindo, os outros que não entendiam, me tachavam de mentiroso por causa disso. Não sei se estou sendo claro, pois o mais comum seria as crianças serem levadas todos os dias pelos pais para suas escolas.

— Assim como eu? — perguntou, em dúvida sobre aquele modelo escolar.

— Isso mesmo, assim como você. Deixa eu te contar:

"Além de dormirmos lá, todos diziam que o ensino era diferenciado. Entre tantas matérias, as que me pareciam mais estimulantes, pelo menos no tempo no qual eu vivi lá, eram artes e línguas. A escola realmente incentivava os alunos a criar livremente."

"Além disso, tinha algo de muito especial naquela escola: os professores, mais especificamente quatro deles. Eles pareciam não envelhecer, aparentavam uns trinta e poucos anos. Seus nomes eram... Nossa, como eram seus nomes mesmo? Só um minuto... Claro! Senhor Summer, senhorita Wint, senhor Outum e senhorita Primavera."

Senhor Summer era um homem forte, sempre com roupas esportivas. O senhor Outum era um homem alto e magro, muito elegante com seus ternos. Todas as vezes que nós o víamos, ele estava bem-vestido, formal. Não importava o calor que estivesse fazendo. A senhorita Wint era uma mulher rechonchuda, muito bonita, que usava roupas de frio elegantes. Por fim, a senhorita Primavera era a mais bela de todos os seres que viviam na Terra.

Sempre muito cheirosa e feliz. Ás vezes, parecia que ela não pisava no chão.

As aulas desses professores eram especiais: tudo o que eles falavam parecia tomar forma perante as nossas pessoas. Nós aprendíamos junto à natureza — tá certo, apenas quando fazia sol... —, mas mesmo as aulas dentro da sala eram fantásticas. Eles faziam acontecer! Por isso, sempre gostei de estudar e aprender. Os professores eram presentes e dificilmente faltavam às aulas. Aliás, eles eram sempre muito pontuais.

"Nós não tínhamos aula com os quatro ao mesmo tempo. Eles se revezavam de três em três meses em suas matérias escolares."

"Eu os achava incríveis pelo fato de eles, aparentemente, não sofrerem mudanças com o passar do tempo. Mas o que quero lhe contar foi tão fantástico quanto uma pluma flutuando no ar. Mas tudo bem, deixemos para um outro dia, a história é longa, daqui a pouco você vai ter que ir embora..."

O menino respondeu à brincadeira:

— Ah, vô, conta longo!

E o avô continuou a história.

Capítulo II

Senhorita Primavera

Era a vez da senhorita Primavera dar aula. Todos esperavam ansiosos para saber o que ela ministraria. Todos estavam sentados na sala de aula para vê-la entrar. Entretanto, em vez dela, quem entrou foi o senhor Summer, com uma feição muito séria. Entrou e se pôs frente à turma toda:

— Queridos alunos e alunas. Venho informar-lhes que infelizmente a senhorita Primavera não poderá vir dar aula para vocês. Ela teve problemas particulares. Esperamos que ela retorne o mais rápido possível. Não temos previsão de volta. Ela será substituída pelos professores Walter e Gilbert.

Houve um rebuliço.

— Gostaria de pedir que vocês ajudassem os professores que a substituirão. Todos fomos pegos de surpresa. Tenham paciência e veremos o que faremos para os próximos dias.

Ele não gritava, falava firme. Seu modo de falar segurava a nossa atenção. Incrivelmente, ninguém abriu o bico para reclamar. Era um pedido e ele seria cumprido.

— Uma coisa eu garanto, vocês terão professores e matérias à altura da senhorita Primavera.

Todos assentiram, mas, ao mesmo tempo, sabíamos que não seria possível encontrar alguém à altura da senhorita Primavera.

Durante aquele dia, os comentários e as especulações dos motivos de ela não comparecer nas aulas dominaram os corredores daquela escola. Nenhum deles tinha fundamento, na realidade. A imaginação correu solta. Era especulação pela especulação. Foi a fofoca do ano! Se fosse na sociedade, seria sucesso dos tabloides. Eu via a chamada da matéria: "Bela professora some e não deixa nenhum sinal de vida". Alguns diziam que ela estava grávida e havia passado mal-estar naquela manhã. Outros afirmavam que houve uma briga entre ela e o senhor Summer. Outros diziam que a mãe dela estava passando mal de saúde e ela teve que socorrê-la. Até escutei que ela estava em Fiji se casando com um milionário e que nunca mais daria aula para nós.

No fundo de meu coração, eu sabia que não era nada tão frívolo como todos pensavam. Algo grave havia acontecido. O senhor Summer sabia, mas não queria compartilhar. Provavelmente, a verdade poderia gerar o caos naquela escola. Em um momento de crise, o mais importante é manter a calma para resolver a questão com racionalidade, e eu sentia que era isso que ele estava fazendo naquele momento.

Capítulo III

As noites e os fugitivos

Assim como em qualquer lugar, tínhamos um horário para dormir. O casarão em que morávamos, parecia mais um castelo do que uma casa. Por ser muito grande e haver muitas crianças e adolescentes, era proibido ficar zanzando depois das 22 horas. Durante o dia, os funcionários não ligavam muito se passássemos pela área comum da escola (que, por sinal, era enorme!), mas à noite deveríamos nos manter em nossos próprios quartos. Por mais que os bedéis fossem eficientes, não conseguiam controlar a todos, nem com sistema complexo de câmera de segurança. Para evitar essas transações de quartos, havia vigilantes noturnos que rondavam a casa para mantê-la segura. Por vezes, eles encontravam alguns alunos tentando fugir ou mudar de quarto no meio da noite. Curioso pensar que o proibido é sempre uma sedução. Um desafio a ser superado, principalmente na adolescência. Ouvi histórias de tentativas, mas todos foram pegos. Não conheci ninguém que tenha conseguido furar os vigias noturnos. Havia um comportamento estranho entre aqueles que eram pegos.

Eles não eram coagidos por esse motivo. Até se vangloriavam de terem sido pegos. Não havia uma punição propriamente dita. Os próprios infratores se denunciavam.

O tempo de sono era muito importante para conseguir aguentar o dia seguinte. Nosso dia era movimentado, cheio de atividades. Nós podíamos optar por não assistir a uma determinada disciplina, mas sabíamos das consequências que teríamos no futuro caso nos ausentássemos. Na verdade, eu assistia às aulas de que gostava, sendo todas elas bem interessantes.

Estávamos ansiosos para saber o que estava acontecendo. Nenhuma informação oficial fora anunciada até então. Ficamos na ansiedade do silêncio, que não me deixava fechar os olhos e dormir sossegado. Foi a madrugada mais difícil de dormir naquela escola, muito mais difícil do que minha primeira noite. Querendo ou não, uma hora acabamos por dormir, uma piscada, dormimos.

Capítulo IV

O que acontece?

No dia seguinte de manhã, após a triste notícia da ausência da senhorita Primavera, senhor Summer a substituiu. A aula foi ótima, mas visivelmente ele não parecia estar presente de corpo e alma. Havia algo de errado, uma nuvem negra em seus olhos. Ela era tão escura que escondia os seus sentimentos. A atenção do professor estava dividida entre olhar através de nós ou olhar para o lado de fora. O mais maluco dessa experiência era que parecia que ele estava lá, inteiro. Minha desconfiança sobre o sumiço da senhorita Primavera era uma situação muito mais grave do que imaginávamos.

Ao término da aula, conversei com outras pessoas e me dei conta de que apenas eu havia percebido o comportamento estranho do Senhor Summer. Meus colegas estavam presos em suas palavras e não em seus comportamentos sutis.

Ao som do sinal de saída, todos se levantaram e escapuliram apressados da sala. Eu fiquei um pouco mais. Alguns amigos meus perguntaram se eu demoraria muito. Falei para eles irem na frente que eu já os alcançaria. Eu precisava arrumar meu material, porque usava minha carteira como depósito. Ela estava lotada de tranqueiras, de conversas em pequenos papéis passados durante as aulas. Eu os estava separando, quando vi o senhor Summer pela janela, no jardim. Ele pegou uma das flores do canteiro em sua mão. Sua feição não era das melhores. Olhou para os lados e saiu correndo muito rápido. Nunca havia visto alguém correr tão rápido assim. Parecia sobrenatural.

Depois daquele episódio, não consegui mais prestar atenção nas aulas que se seguiram. A imagem dele correndo ficou presa em minha mente. Fiquei pensando se eu não havia alucinado ou teria tido uma ilusão de óptica ou qualquer outra explicação científica. Por mais que eu pensasse e forçasse a memória... não encontrava nenhuma explicação plausível para o fenômeno.

O pior de tudo era que eu não podia falar sobre isso com ninguém, pois todos diriam que eu estava ficando doido. Então calei-me. Nem para os meus melhores amigos contei minha observação por medo de chacota. Na aula de trabalhos manuais, o professor Fernando estava falando alguma coisa que parecia importante, porém não consegui prestar atenção no que ele dizia. Eu estava criando um mundo diferente daquela realidade.

Nos dias que se seguiram, a temperatura atmosférica oscilava bastante, assim como os professores. A senhorita Wint também vinha dar aulas de vez em quando para nós. Revezava com o senhor Summer. Nenhum dos professores sorria mais. Essa alteração de humor influenciava no comportamento dos alunos. Foi um período em que as brigas, antes inexistentes, começaram a aparecer. Parte dos alunos relacionaram a alteração de humor dos professores com a quantidade excessiva de viagens que os lecionadores precisavam fazer.

Os boatos corriam pelos corredores mais rápido que qualquer viral na internet. Um deles dizia que o senhor Summer namorava a senhorita Wint e eles haviam brigado. Esse seria o motivo do mau humor dos dois... mas isso não fazia sentido para mim...

A única pessoa sensata era Ângela, a garota que sempre fora, para mim, a mais bonita da escola. Ela era como um anjo na Terra. Minha melhor amiga desde o primeiro dia de aula. Ela sempre falava:

— Tudo isso é um monte de bobagem, eles são só amigos, assim como eu e Antônio.

Sempre que ela falava isso e apontava para mim, meu mundo se desmanchava. Não havia motivo algum, mas por um lado me sentia mal, e por outro, muito feliz.

— O senhor Summer combina muito mais com a senhorita Primavera. Olhem para eles! São um casal perfeito!

— Por que você acha isso? — questionou Cristian, o meu melhor amigo.

Fazíamos todas as coisas juntos. Quando um se metia em encrenca, o outro a considerava como sua, e evitávamos maiores danos. Dividíamos o quarto. Ele gostava de uma menina chamada Raquel, que, coincidentemente, era a melhor amiga de *Angel*, como a chamávamos.

— Oras, está na cara deles. Olhe para eles e você pode ver que combinam.

— Como assim? — ele retrucou quase que indignado. Diferentemente dela, ele não sabia ler as entrelinhas. Ele não reconhecia nada na feição dos professores que indicasse as duplas de casais entre eles.

— Oras, quando o senhor Summer anunciou que a senhorita Primavera não daria aula, ele falava com tristeza... Mudando de assunto, vocês repararam nas flores este ano?

— Não — Cristian respondeu seriamente.

— Então, elas não desabrocharam como deveriam — observou Angel.

Eu jamais repararia num fato como esse, mas não podia me mostrar muito ignorante perante Angel. — "Nossa, verdade!" — exclamei bem forte e deixei o assunto morrer, pois não sabia o que mais dizer. Mas, realmente, me lembrei de que no ano anterior, nessa mesma época, as três-marias estavam exuberantes. Havia alguma ligação ali, mas eu não sabia, ou melhor, AINDA não sabia como juntar as peças, como solucionar o mistério.

Naquele momento me dei conta de que algo estava muito errado e não era somente com um de nossos professores...

CAPÍTULO V

UMA PEQUENA LUZ

O garoto estava impaciente, como se tivesse formigas no sofá. Ele estava internamente dividido, pois ao mesmo tempo queria fazer perguntas e também continuar escutando a história. A energia pulsava como um sapo pulando dentro dele. Não se aguentando, ele se virou para o avô, que estava perdido em suas memórias, e perguntou:

— Vovô, o nome da vovó não é Ângela também?

O avô sorriu com a perspicácia do neto.

— Será? — gargalhou. — Sim, o nome de sua avó é Ângela. Agora deixe eu continuar a história.

Capítulo VI

Uma breve investigação

Naquela mesma noite da conversa que acabei de lhe contar, resolvemos investigar o assunto que me incomodava muito. Até podia ser uma projeção barata, mas acredito que incomodava a todos.

Por volta das dez e meia da noite, saímos de nossos quartos e nos encontramos perto do corredor central. Cris e eu fomos os primeiros a chegar. Estava escuro e batia um vento gelado nas grandes janelas. Eu sentia um frio na barriga enquanto andávamos e esperávamos as meninas. Estávamos fazendo coisa errada, mas a ansiedade pela verdade era muito mais forte do que nós e de qualquer possível bronca que poderíamos levar. Não podíamos ficar de braços cruzados. Precisávamos fazer alguma coisa.

Eu estava tão perdido em pensamentos que não as escutei se aproximando. Foi o Cris quem as viu primeiro e começou a sinalizar para elas. Elas andavam juntas, uma colada na outra. Devia ser o medo de andar de noite naquela escola. Era um bom momento de dar um susto nelas. Se estivéssemos num outro ambiente e em outra situação, provavelmente teríamos aprontado uma dessa, mas não o fizemos.

— Ei... estamos aqui — eu falei bem baixo.

Elas apontaram a lanterna diretamente para nós. A luz queimou os meus olhos. Eu queria gritar para elas abaixarem as lanternas, mas não podia, pois seríamos descobertos. Por um momento, vi apenas pequenas bolas brilhantes explodindo na minha frente.

Assim que minha visão voltou, pude ver um ar de alívio no rosto das duas.

— Que bom que encontramos vocês! Estávamos achando que vocês tinham furado o combinado — Raquel falou.

— Desde quando eu furo com os meus compromissos? — falei com toda a minha segurança.

Elas me olharam e sorriram quase como um deboche. Pensei em reclamar, mas lembrei que precisava seguir com o plano.

— Em todos os momentos em que você deixa de fazer as lições para o dia seguinte — Angel sorriu ironicamente.

— Ah, mas isso não conta — falei sem graça, lembrando-me de todas as vezes em que havia deixado de fazer as tais tarefas.

Calamo-nos, pois escutamos passos muito perto. Encolhemo-nos e ficamos observando o movimento do corredor. A sombra crescia junto com o som dos passos. Enfim parou. Nós vimos quem era: o bedel daquela noite.

Escondemo-nos atrás de uma cortina pesada que cobria a janela do teto ao chão, de cor carmim. Ficamos parados, quase sem respirar. O bedel parou e vasculhou o corredor com sua lanterna. Nós víamos a luz indo e vindo, resvalando em nossos corpos. Como não nos encontrou, para nosso alívio, ele continuou a sua ronda cotidiana. Ficamos petrificados até não escutar mais os sons dos seus passos, que se distanciavam vagarosamente, como se ele estivesse andando em câmera lenta.

Com o coração disparado, uma vontade de ir ao banheiro começou a me atacar. Fechei os olhos e tentei respirar, e para não fazer muito barulho, respirei com a boca. Eu queria gritar e sair correndo, mas se eu fizesse isso, seria pego e entregaria meus amigos.

Ao não escutar mais os passos do bedel, saímos. Começamos a andar com muita cautela. Aquela noite foi curiosa, pois todos os ruídos, nossos ou externos a nós, pareciam mais fortes do que provavelmente eram. Por mais que segurássemos nosso peso e nossos passos, o som parecia cortar todos aqueles corredores e, a qualquer momento, o bedel apareceria para nos castigar.

Aquele lugar era enorme. Andando de um lado para o outro, demoramos para nos encontrar. É incrível como à noite tudo parece diferente. A construção tinha um ar de antiga: com muitos quadros, carpetes nas paredes, salas com portas gigantescas de madeira trabalhada com desenhos diversos em cada uma. Com a pouca luz, eu jurava que havia olhos nos observando a cada passo.

Quando nos demos conta de onde nos encontrávamos, vimos a biblioteca a nossa frente. Resolvemos entrar. A porta gritou estridente. Entramos correndo para nos esconder. Aquele barulho foi suficiente para acordar até os demônios com o sono mais pesado do mundo.

Não demorou muito para aparecer a primeira lanterna acessa apontando para todos os lados do corredor. Os bedéis estavam todos por ali. Alguns deles chegaram a olhar para dentro da biblioteca, mas não entraram. Um deles falou que poderia ter sido o vento. O outro cogitou ser a contração da porta, devido à mudança de temperatura, e confessou que tinha medo de vigiar de noite devido aos barulhos estranhos, pois pressentia ter espíritos naqueles corredores. Um terceiro afirmou ser tudo bobagem. Nisso, estávamos com as nossas lanternas apagadas e bem escondidos atrás de uma das prateleiras que não podia ser iluminada pelo lado de fora.

Ficamos em silêncio durante um bom tempo. Meu coração parecia saltar pela boca. Eu acreditava piamente que os bedéis nos escutariam e viriam atrás de nós. Respirei fundo e tentei me acalmar. Quase gritei quando alguém segurou minha mão. Olhei para ver quem era e senti meu coração ficar mais calmo: era Angel. Fiquei mais seguro, apesar de sua mão tremer mais do que a minha. Senti minha coragem gradativamente voltar e segurei-a com firmeza, para acalmá-la.

— Essa foi por pouco... — Cris desabafou bem baixinho.

— É.

— Achei que eles entrariam aqui... — ele continuou.

— Xiu! — Raquel pediu silêncio.

— Acho que eles já foram.

Angel pareceu relaxar. Soltou minha mão e esse simples ato me trouxe um vazio estranho.

Ficamos olhando para o escuro, esperando soar qualquer barulho do lado de fora. Eu estava todo orgulhoso por ter me mostrado seguro, por ter controlado o medo.

Ao nos acostumar com o silêncio da biblioteca, ouvimos pessoas conversando, mas era tão baixo que não passavam de sussurros aos nossos ouvidos. Nós nos olhamos e fomos em direção às vozes, apontávamos as lanternas para baixo enquanto andávamos até o lugar de onde os sons vinham e encontramos uma parede, aparentemente comum. Ficamos com uma pulga atrás da orelha. As vozes abafadas perpassavam aquela pequena barreira. Fiz uma leitura mental do mapa do lugar. Por mais que eu tentasse me lembrar se havia uma sala ali, nada me vinha. Não me recordava de porta ou janela nenhuma que desse naquele espaço. Cheguei à conclusão de que deveria ser uma placa de concreto:

— Estranho, não me lembro de nenhuma sala que pudesse estar depois dessa parede. Vocês se lembram?

— Não… — respondeu Cris — Fiquei aqui vasculhando a minha mente, mas nada encontrei.

— Não faço ideia — sussurrou Raquel, de forma sincera.

Todos sabiam que ela tinha dificuldade com os mapas e não tinha noção de espaço ou direção.

— Vamos tentar escutar! — falou Angel, sinalizando para todos nós ficarmos em silêncio.

Angel tinha esse poder de cortar um pensamento para atuar na realidade. Realmente não importava muito a entrada ou a saída daquela sala. O que importava era descobrir o que realmente estava acontecendo naquela escola. As vozes estavam muito baixas para escutarmos sem encostar nossos ouvidos na parede.

Nós quatro apoiamos nossos ouvidos nela, que parecia firme como uma rocha. Somente assim começamos a escutar mais claramente, apesar de as vozes estarem abafadas.

Mas onde ela está? — escutamos uma voz de um homem falando.

Não sabemos, não conseguimos encontrá-la — outra voz masculina.

Como não? — a voz anterior retrucou com indignação.

— *Ela não responde a nenhuma das possíveis chamadas* — respondeu o outro.

— *Isso não está cheirando bem. Ela nunca faltou com suas obrigações, por que agora?* — questionou uma voz feminina.

— *Temo ter acontecido algo de grave com ela.*

Eu consegui reconhecer a voz de quem acabara de falar dessa vez. Falei bem baixo para os outros: "É o senhor Summer". Os outros assentiram.

— *O que eu não entendo é: por que ela não nos avisou?* — provavelmente era o senhor Outum.

Conseguimos ouvir apenas fragmentos da conversa. Era como se eles falassem uma outra língua. Olhei para o lado e pedi auxílio aos amigos e só escutei um "XIU!". Todos faziam caretas no intuito de aumentar a capacidade auditiva. Sem esperarmos, um "creck" se fez. Antes de qualquer reação, a parede de tijolos antigos ruiu, pelo menos era o que eu pensava estar acontecendo.

Foi em um piscar de olhos. Primeiro o barulho, depois a falta de apoio, seguido de muito pó. Por fim, a dor no corpo por nos chocarmos contra o chão. Meu tronco foi para frente bruscamente, deixando as asas doloridas. Fiquei um tempo me recuperando do susto, tentando entender o que estava acontecendo. Meus olhos ardiam e lutavam contra a forte luz. Não consegui focar em nada até meus olhos se acostumarem.

Havíamos caído numa sala toda equipada por computadores e telas. Em cima da mesa central, havia um globo enorme de holograma 3D da BG Group, cheio de marcações. Em uma das telas, podíamos ver o senhor Outum e em uma outra a senhorita Wint, ambos olhando em nossa direção. O senhor Summer estava sério, olhando-nos de um jeito como eu nunca havia visto. Minha espinha arrepiou. Acreditei piamente ser o nosso fim.

CAPÍTULO VII

E AGORA, O QUE FAZER?

Estávamos os quatro no chão, em cima do muro caído com três dos professores mais legais da escola com olhares rubro-chamejantes. Nada bom, mas pior do que aquilo não podia ficar... Senhor Summer virou-se em nossa direção. Parecia que ele podia olhar nossas almas:

— O que vocês estão fazendo aqui? — gritou.

Meu coração parou de bater por alguns segundos. A intensidade de sua voz soou como um raio naquela sala. A senhorita Wint interferiu através da tela.

— O que vocês, crianças, estão fazendo de pé e não em suas camas? Já é tarde... Vocês sabem que não podem circular a esta hora da noite!

Nossa vergonha estava estampada em nossos rostos. Não tínhamos desculpas para dar, sabíamos que estávamos completamente errados.

— Sabemos... Gostaríamos que nos perdoasse e que não nos expulsassem... — Cris tomou a frente.

Essa era a atitude comum dele. Sempre contava a verdade, depois se desculpava e, por fim, tentava amenizar a pena pela infração. O mau humor de senhor Summer contaminava a todos.

Nós quatro estávamos absortos com aquela cena. Nossos queridos professores estavam conversando através de uma tecnologia avançadíssima. Pelo menos para mim era de última geração. Maquinário que não se podia encontrar no restante da escola. Fiquei pensando: "Como poderia haver equipamentos de ponta em uma escola como aquela?". Equipamentos vistos apenas em filmes de agente secreto. Muitas informações imediatas me distraíram da bronca que estávamos levando. Maquinário, sala, passagem secreta, era tudo muito fantasioso para ser real. Sem contar a língua esquisita que eles falavam antes de a gente cair lá dentro.

Não fazíamos ideia do que acontecia e nem no que estávamos nos metendo. Seriam nossos professores espiões? Meus pensamentos rodavam como uma folha em um furacão. Como as simples mensalidades poderiam bancar toda aquela infraestrutura?

Ninguém conseguiu abrir a boca para falar qualquer coisa. Quando o senhor Summer desligou o equipamento e se aproximou com a feição de poucos amigos, seria o fim. Já podia ver a manchete no jornal: "Garotos achados mortos perto de sua escola". A matéria seria toda escrita no sentido de falar que nós havíamos fugido, ou seja, quebrado a regra principal do lugar, e seguiria com argumentos e dados dos caminhos que nós havíamos feito até onde estariam nossos corpos. A escola sairia isenta de qualquer culpa. Esse pensamento passou por minha cabeça muito rápido. Fechei os olhos. O medo me tomou e não consegui fazer nada. Esperava o golpe vir, mas não veio.

— Todos de pé! — ordenou.

Nós, timidamente, nos levantamos e o seguimos para os nossos quartos. Na porta, senhor. Summer acrescentou:

— Vocês não viram nada hoje, entenderam?

Concordamos com as cabeças, que balançava afirmativamente, movidos pelo medo. Entramos calados em nossos quartos.

Eu não consegui dormir depois do acontecido. Nunca havia visto os três professores juntos e de cara amarrada. Temia o dia seguinte, não sabia o que esperar da reação do senhor Summer e a humilhação social que receberíamos.

Meu coração estava acelerado. Meu sono fugia de meus mundos fantasiosos. Sentia-me como esperando o próximo ônibus que eu acabara de perder. De olhos fechados, muitas imagens futuras vieram em minha mente. Imaginei todas as ações possíveis que eu faria se isto ou aquilo acontecesse.

Quando me dei conta, o galo cantava. Eram cinco da manhã. O sol ainda não nascera, mas seria logo. O Senhor dos Sonhos havia me abandonado naquela noite. Minha ansiedade era tanta que nessa mesma hora me levantei da cama e fui para o chuveiro tomar meu banho matinal (que eu nunca havia tomado desde então...).

Cristian também ficou acordado a noite toda. Ficamos calados, mas compartilhávamos as mesmas questões e angústias. Tenho quase certeza de que o escutei chorar no meio da noite. Não posso afirmar que isso realmente acontecera, pois nós nunca conversáramos sobre o assunto depois. Eu o conhecia muito bem. Era um comportamento esperado.

Às seis horas da manhã, eu já estava de banho tomado e Cris estava de pé e arrumado, assim como nossas camas. Terminei de me trocar e saímos para o esperado café da manhã. Precisávamos resolver aquela história de qualquer jeito. Encontramos Angel e *Quel* no meio do caminho. Elas também pareciam não terem pregado os olhos um minuto sequer. As olheiras mostravam-se pesadas e marcadas.

Não sei se era coisa de minha cabeça, mas as pessoas que passavam por nós davam risadas, apontando-nos com os dedos. Porém, era muito cedo para alguém já saber da notícia. Era como se estivesse marcado em nossas testas que havíamos sido pegos na noite anterior. Eles sabiam algo de nós que ignorávamos por completo. Eu precisava saber o que era, mas ninguém nos parava para falar em nossa cara, e eu era tímido o suficiente para não perguntar o que estava acontecendo.

Lembrei-me da promessa que fizéramos ao senhor Summer. Tínhamos que ficar de boca fechada. Seria um esforço muito grande. Nem uma hora havia se passado e eu já sentia minha garganta coçando.

Entramos no refeitório. Todos faziam barulho. Nem notaram nossa entrada. Mas minha sensação de perseguição continuava presente.

Fomos para nosso lugar de sempre, olhando para o chão e tentando não encarar muito os colegas para não permitir que o que nós havíamos visto pulasse de nossos olhos.

O bedel gritou em nome do silêncio. Aliás, eu nunca entendi o motivo pelo qual as pessoas gritam para ter silêncio. De qualquer forma, todos se calaram, mais pela presença do senhor Summer do que pelo berro em si. Não era comum a presença dele e de sua trupe no refeitório junto com os alunos. Apenas uma vez eu havia presenciado tal fato, o dia em que

Carlos Wilad tinha passado mal e fora socorrido: os professores se revezavam para observá-lo. Fora isso, era a primeira vez que o próprio senhor Summer falaria para toda a escola. Com toda a certeza do mundo, era algo sério. Estávamos encrencados.

O bedel gritou que o senhor Summer queria dizer algumas palavras.

Meu sangue gelou de imediato. Não sabia onde meter a cara. Eu estava pálido como o mármore branco das escadas que subíamos todos os dias para ir aos quartos. Minha ruína social estava se aproximando. Minha vontade de gritar para atrapalhar o discurso do mestre foi aumentando a cada instante de silêncio. O senhor Summer permanecia imóvel, sem iniciar seu discurso. Parte de mim queria desmaiar e ficar quieta sem abrir os olhos até tudo passar. Calculei que uns dois meses em coma não seriam suficientes para todo mundo se esquecer de meu mau comportamento... Mas era muito tempo para perder sem aproveitá-lo. Apesar do histórico de não exposição dos fugitivos amadores, pressentia que aquele dia seria um pouco diferente. Tínhamos um segredo e o professor poderia fazer qualquer coisa conosco. Cogitei ameaçá-lo ali mesmo. Desisti.

Lembrei-me de todos aqueles que se vangloriavam de terem sido pegos andando pelos corredores da escola durante a noite. Desconfiei de que não havia a história toda nos relatos. Os sentimentos que corriam dentro de mim não se relacionavam em nada com as palavras **coragem** e **aventura**. Eu queria apenas fugir ou sumir daquele lugar naquele momento. Respirei fundo, olhei para os lados e vi o pavor nos olhos de meus amigos também. Correr era uma possibilidade remota. Seria muito pior, cheguei a essa conclusão. Nós estávamos encurralados.

Nossa andança não fora uma mera aventura. Tínhamos um propósito muito claro, talvez não havíamos pensado direito em como operá-lo. Acreditávamos que conseguiríamos desvendar o caso da senhorita Primavera, não era somente um ato de molecagem: fugir ou mudar de quarto. No fundo, eu sabia que, na realidade, deveríamos ser considerados heróis... Nem consegui completar o raciocínio, pois senhor Summer começou a falar:

— Queridos alunos, quero informar que, apesar de todas as confusões de professores, as aulas continuarão normalmente.

Ele deu uma pausa e correu o olhar pelo refeitório. Ninguém ousava se mexer.

— Peço desculpas por ter me ausentado esses dias, mas agora estarei cem por cento com minha atenção dedicada a vocês. Agora, deem as mãos.

Ele levantou o rosto e, vendo que todos estavam sem resposta ao convite dele, repetiu:

— Vamos, todos deem as mãos!

Assim que todos deram as mãos, ele começou:

— Senhor...

E nós repetimos:

— Senhor...

— Obrigado por mais um dia de vida, que a comida que recebemos nos alimente...

Fiquei imaginando o que se passava na cabeça dos professores naquele momento. Acabei perdendo o resto da oração, acordando no momento em que falávamos:

— Bom apetite para todos nós, amém!

Fiquei esperando o anúncio que nunca veio. A espera pelo vazio gerou um conflito interno enorme. Por um lado, eu queria falar ao mundo sobre nossa aventura que dera errado, para tirar aquele peso de mim. Por outro, eu precisava me conter, pois nos comprometemos a não falar sobre o assunto em questão.

Para nosso grupo, a promessa era algo muito importante. Éramos assim desde o dia em que nos conhecemos uns anos atrás. Contarei como foi meu primeiro dia, pelo menos como ficou marcado em minha mente.

CAPÍTULO VIII

MAIS PERTO, MAS NÃO MUITO DISTANTE

— Mas vô, como assim, marcado em sua mente? Se nós abrirmos sua cabeça, encontraremos o que você vai falar?

O avô riu da suposição.

— Você se lembra de como foi seu primeiro dia de aula?

— Lembro, sim!

— Como foi?

— Fiquei com muito medo dos meus pais não me buscarem no final do dia… mas quando saí da classe, minha mãe já esperava por mim do lado de fora.

— Que ótimo, não?

— Sim! E como foi seu primeiro dia, vô?

Capítulo IX

Primeiros dias de aula

Meus pais conversavam na cozinha de casa sobre um assunto que me parecia segredo, pois eles sussurravam em vez de conversar em tom normal. Ao me aproximar deles, eles pararam de falar do assunto em questão. Olharam para mim como se eu fosse um alienígena… ou um menor infrator. Eles pediram para eu me sentar à mesa. Foi nesse momento que fiquei sabendo que moraria naquela escola. Descobri depois também que minhas malas já estavam prontas e eles ainda não tinham conseguido falar comigo.

Entrei no carro e viajei até a nova escola. Durante o caminho todo, fui atormentado por meus medos. Eu sabia que havia chegado ao lugar ao passar pelo portão de ferro pesado, em que estava escrito “Bem-vindo à escola Morgenstein!”, em letras antigas e pesadas.

Entrava em um filme de terror. Era um caminho cheio de árvores e elas me impediam de ver a paisagem além delas.

Na rádio tocava:

"Vai voando, amigo sonhador
Se não fosse pelo tudo
Nada teria
Pois não haveria eu"

Foi quando meu pai parou o carro e eu desci. A porta da frente me pareceu enorme. Não queria entrar, pois me sentia pequeno ali dentro. Meus pais me levaram pela mão. Se fosse em minha escola antiga, eu me soltaria das mãos deles, porém, ali, eu precisava delas.

A ideia de ficar longe deles e com pessoas estranhas me assustava terrivelmente. Não sabia o que seria, não sabia onde eu estava pisando. Eu realmente queria fugir dali. Olhava para meus pais e eles olhavam-me com decisão, não havia insegurança. Eu não tinha o que fazer. Senti-me abandonado. A raiva despontava e meu eu descontrolava. Já começava a fazer um plano para fugir da escola, antes mesmo de meus pais me deixarem lá.

Sabia da necessidade de estudar um pouco da topografia. Correr loucamente sem conhecer o lugar nunca é uma boa escolha. Refleti com mais calma depois de ter conversado com a senhorita Primavera e cheguei à conclusão de que daria muito trabalho e levaria tempo demais para conseguir chegar a esse ponto de expertise. Eu precisava de um plano mais rápido. Eu já sabia o que faria: bagunça. Mas depois de estar na aula da senhorita Primavera, me rendi aos novos membros de minha família.

Por ficarmos muito tempo fora de casa na companhia de muitos estranhos, nós nos fecháramos em diversos grupos.

Conheci meus melhores amigos (o Cris, a Angel e a Quel) no primeiro dia de aula. Desde então, não conseguimos mais nos separar. Escolhemos nosso lugar no refeitório e não mudamos mais. Não importava o que acontecia ao nosso lado, era nosso lugar sagrado. Havia uma lenda de que cada grupo tinha o seu lugar certo, e aqueles que não respeitavam essa regra, achando que era apenas superstição, tinham um mau dia. Coincidência ou não, das poucas vezes que não conseguimos nos sentar em nossas cadeiras, algo de ruim aconteceu durante o dia.

Uma vez, Cris sentou numa cadeira quebrada; em outra, eu levei uma bolada bem no meio do rosto e acabei acordando na enfermaria.

Nesse primeiro dia, fizemos uma promessa besta: cumprir todas as promessas feitas por nós. Desde então, era difícil um de nós quatro prometer algo e não cumprir. Não pela promessa em si, mas por nos considerarmos muito. Isso não impediu de brigarmos em alguns momentos. Como não tínhamos como fugir, precisávamos lidar com as pessoas ali mesmo. Era mais fácil cumprir uma promessa do que parar de falar com alguém durante dias.

Mas, voltando ao mistério da senhorita Primavera, passei o dia todo pensando nos acontecimentos que estavam obscuros para grande parte das pessoas. Imaginava coisas e não conseguia prestar atenção em nenhuma das aulas lecionadas.

Quando chegou a hora do intervalo, nós nos encontramos, como de costume, num lugar distante dos outros alunos. Aliás, lá tinha muitos lugares para as pessoas ficarem à vontade. Angel saiu da sala com uma cara de quem precisava desabafar com alguém, pois algo parecia corroer sua alma, e eu desconfiava que era a mesma coisa que estava corroendo a minha. Assim que chegamos perto da árvore em que costumávamos ficar, que era uma pitangueira enorme, como nunca vira em outro lugar,

Angel começou a falar. Sem tempo de reação, Quel se adiantou, tirando as palavras de todos:

— O que aconteceu com os professores? Digo, por que eles não nos denunciaram? Por que as pessoas estavam rindo da nossa cara hoje de manhã se ninguém sabe que fomos pegos? Alguém me explica o que são aqueles computadores naquela sala? Alguém sabia de alguma sala secreta? — Quel despejou tantas perguntas que ninguém sabia por onde começar ou, pelo menos, tentar responder.

— Não sei... — falou Cris, olhando para seus pés, refletindo sobre as mesmas questões. — Será que eles são traficantes de órgãos?

— Então ontem não foi um sonho? Ainda tinha esperança de ter sido apenas um mau sonho — Angel falou, olhando para o nada, tão baixo que não passou de um sussurro.

— Acho que foi real — falei, sem muita convicção.

Deixamos o silêncio dominar aquele momento, mesmo porque não tínhamos muito o que falar. Havia um receio de mencionar aquela sala... O motivo fora o filme a que assistimos alguns dias anteriores àquele. Era sobre um grupo de pessoas e havia um segredo entre elas que precisava ficar guardado. Por não conseguirem mantê-lo, todos foram cruelmente mortos. Arrepia-me até hoje, só de me lembrar das cenas.

O segredo é como uma mola encolhida: a qualquer momento ele pode se soltar e pular. Não queríamos que isso acontecesse... Minha lembrança sempre me reportava à figura do senhor Summer fora do controle, realmente assustador.

Igor, um dos bedéis, aproximou-se sem que nos déssemos conta. Eu nunca consegui entender o silêncio de seus movimentos. Ele era corcunda, cabelos sempre por pentear e manco.

Parecia ter saído de algum filme de terror. Sei que esse movimento do politicamente correto está tentando fazer as pessoas não terem uma pré-opinião e enfrentar os preconceitos, mas não conseguia tirar o medo que eu carregava dele. Ele era assustador em muitos sentidos. Além de tudo isso, era o bedel com maior índice de apreensão de alunos fugitivos noturnos. Era uma lenda dentro da escola, mas todos os que conversavam com ele descobriam que sua aparência não correspondia com a essência. Mas eu sempre tivera medo dele. Talvez não dele, mas de seu olhar, não sei dizer.

— Ângela, Antônio, Cristian e Raquel, o senhor Summer está chamando vocês.

Para piorar, ele sabia o nome de cada aluno daquela escola.

Capítulo X

O que fará senhor Summer?

Nós nos entreolhamos e nos questionamos o que estava para acontecer. O que será que ele queria falar conosco? Eu só pensava na feição dele na noite anterior, assim como na do senhor Outum e da senhorita Wint impressas naquelas telas de computador de última geração.

Nós o seguimos pelos corredores da escola. Todos os que cruzavam com a gente sorriam e, logo que passávamos, comentavam alguma coisa que não conseguíamos entender. Eu odiava aquela sensação de perceber os outros falando sobre mim sem eu saber o que diziam. O ditado "falem bem ou falem mal, mas falem de mim" não fazia parte de meu repertório, pois nem conseguia me defender. Quando tais inseguranças surgiam, eu tentava me prender no que meus amigos mais próximos achavam de mim. Eu precisava ser corajoso ou, pelo menos, mostrar-me corajoso para Angel, essa era a única certeza que eu tinha.

Aquele corredor nunca havia sido tão comprido. Ao mesmo tempo que eu queria percorrê-lo logo, eu queria que ele nunca chegasse ao fim. Os medos cresciam conforme os passos eram dados. Quanto mais perto da sala do senhor Summer, mais eu sentia o suor escorrendo pela testa.

Quando chegamos a sua sala, assustei-me, pois nunca tinha reparado no tamanho daquela porta: era enorme, muito maior do que as outras. Seríamos engolidos por ela.

Ao entrarmos, o senhor Summer olhava pela janela, de costas para a porta de entrada, perdido em algum lugar que não aquele. Só percebeu nossa presença quando Igor limpou a garganta e nos anunciou. Ao olhar para a situação, hoje, eu podia jurar que estava num filme medieval. Não sei dizer o porquê, talvez fosse meu nervosismo, achei que o senhor Summer estava milhões de anos mais velho. Ele se virou bem devagar, de modo melancólico, como se o tempo estivesse mais lento.

— Por favor, queiram se sentar — convidou-nos e virou-se para Igor. — Tudo bem, agora pode ir e muito obrigado por tudo.

No mesmo instante, ouvimos a porta se fechando a nossas costas. Ficamos calados, esperando o professor falar:

— Gostaria de saber: o que vocês acham do professor Gilbert?

O professor Gilbert se autodenominava professor de Projetos. Ele sempre tinha ideias malucas e tínhamos que desenvolvê-las no decorrer de um ano, essa era a avaliação de seu curso. Um dia, ele propôs construir uma ponte, cada turma fez a sua, fosse na tentativa e erro, fosse planejando com antecedência. Nem preciso dizer que a melhor ponte foi a do último ano. Em outro projeto, ele pediu para construir uma ilha flutuante. Nenhuma turma conseguiu realizá-la. Todas as ilhas se transformaram em Atlântida e agora estão no fundo do grande lago.

— Quem somos nós para julgá-lo? — rebati, tentando tirar a minha opinião do foco.

— Mas você gosta dele, Toninho? — Summer questionou--me com calma.

— Gosto, sim, senhor, ele é meio maluco, mas suas aulas são boas.

Ao terminar de falar aquilo tudo, receei ter dito mais do que deveria.

— Você acha que ele daria um bom diretor?

Não estava gostando muito de como aquela conversa estava se encaminhando, mas não tinha muito como fugir. Eu sabia tanto quanto acreditava que ele sabia: nada.

Angel veio em minha ajuda.

— Não sabemos, senhor, mas por que esta pergunta tão repentina?

— Precisarei me distanciar da escola por um tempo. Preciso de um substituto, eu também pensei em Walter, mas ele não parece que daria conta das burocracias de uma escola.

Walter era o professor de Ciências. Era desordenado e todos sabiam que ele entregava as notas de sua matéria fora de prazo, sempre atrasado. Não tinha como imaginá-lo como diretor. Além disso, ele era meio estranho, alguns alunos não faziam bagunça em sua aula porque corria um boato macabro sobre ele. Diziam as más-línguas, por sussurro, que ele teria matado a sangue frio um aluno que tinha feito muita bagunça e fora encontrado morto no perímetro da escola. O professor teria manipulado as provas, que indicavam que teria sido descuido do próprio estudante. O jovem teria pegado produtos químicos, levado para o quarto e a reação acabara matando o rapaz. Eu, particularmente, não gostava muito dele como pessoa, mas como professor, era genial. Cris gostava bastante dele e sempre saía empolgado de suas aulas.

— Na minha opinião, Gilbert é mais adequado para a função, não? — olhei para o lado, pedindo aprovação, e todos confirmaram com a cabeça.

— Ficamos aqui por hoje, podem ir. Muito obrigado.

Eu me retive por alguns segundos, enquanto meus amigos saíam. Queria perguntar algo que estava em minha mente, mas assim que olhei para ele e ele me encarou, a ideia fugiu. Ele falou algo que não parecia sair de sua boca. Foi uma vivência estranha, aliás como tudo o que estava acontecendo:

"Não tenha medo desses tempos de incerteza, são momentos para abrir os olhos e os ouvidos, sentir o coração dizendo aonde seguir. Se o medo vier, feche os olhos, que os caminhos possíveis se mostrarão naturalmente. O problema não é ter medo, o problema é passar a vida fugindo dele e não viver." Desviei o olhar para os outros e quando voltei-o para o professor... não o encontrei mais na sala.

Saímos assim como entramos, calados. Ao chegar ao lugar onde nos encontrávamos, os boatos de termos sido chamados para a sala do senhor Summer já estavam correndo livres pelos corredores. Achávamos que levaríamos a bronca do ano, mas não foi nada disso. Começamos a falar sobre o que havia sido dito. Diferentemente da outra situação, ele não nos fez prometer guardar segredo.

Fiquei impressionado como eu estava mais leve ao falar sobre a possível saída do senhor Summer da escola. Não pela saída em si, mas por desviar minha própria mente dos acontecidos da noite passada.

Uma reflexão mais profunda levou-me a acreditar que aquele era o término daquela escola. Ela deixaria de ser ela mesma. Mesmo sem a certeza de sua saída, já sentíamos uma leve diferença no ar. Foi um estranhamento que todos sentiram, inclusive os professores. Os alunos ficaram divididos. Alguns fizeram um abaixo-assinado para impedir sua saída e outros, uma enquete para ver quem seria o próximo diretor.

Só fui entender a atitude do professor alguns anos mais tarde. Ele tinha nos ajudado com o fardo que havíamos presenciado. Ele, de alguma forma, sabia do sofrimento de guardar segredo e o peso de nossa promessa de não contar o que havíamos presenciado. De repente, estávamos no topo das atenções por outros motivos que não o proibido. Você sabe como são os segredos, não? De um pulo, ele foge de sua boca. O professor parecia prever todos os nossos movimentos, como se já houvesse feito o mesmo rito diversas vezes. No mês seguinte, senhorita Wint, senhor Outum e ele formalizaram sua demissão.

Aquela história cheirava mal desde o começo. Não tínhamos dados suficientes para ter qualquer ideia possível para explicar o que estava acontecendo. Sabíamos que senhorita Primavera havia desaparecido. Encontramos uma sala supersecreta com equipamentos de alta tecnologia. Os outros professores também estavam preocupados. No fundo, eu sentia que o professor Summer queria ter falado tudo o que se passava. Sabiamente, ele não queria que os alunos interferissem no processo da problemática.

Quem poderia saber quais eram os reais problemas? Eles se fecharam e não poderíamos fazer nada além de esperar as coisas se resolverem por si. Poderia ser uma questão tão fútil que não era necessário tanto barulho como eu e minha turma estávamos fazendo. Não parecia, mas podia ser um exagero nosso.

Nem preciso dizer que meus interesses pelas aulas diminuíram. Aquela escola, sem os quatro professores, teve sua pior transformação: seria dramático dizer que a escola acabara, ela apenas se tornava um lugar "normal".

Capítulo XI

Uma escola sem suas principais peças

Dois dias depois da saída de Summer, estávamos sentados debaixo da pitangueira. Quel ainda não havia aparecido. Ela precisava fazer alguma coisa que Angel não quis dizer:

— Ela tem algumas coisas para fazer — respondeu rapidamente a minha pergunta.

Também não entrei muito no assunto. Apesar de ser novo naquela época, já conhecia o poder da ignorância e tentava respeitá-lo em todos os momentos possíveis. Mais tarde, é quase inevitável que o não saber também passe a ser seu inimigo. Mas sempre há coisas que, se ficam por um tempo no limbo do conhecimento, não fazem mal a ninguém.

Quel chegou esbaforida à roda. Havia algo que parecia querer sair dela. Ao começar a pôr para fora todo o conteúdo que guardava dentro de si, vimo-nos na mesma situação. Não seria possível continuar a vida sem descobrirmos o que realmente estava acontecendo naquela escola. A curiosidade falava mais alto e gostaríamos de ter nossos professores queridos de volta.

— Oi, gente! Que calor é esse? Pelo amor de Deus!

— Muito quente mesmo...

— Então...

Sempre que ela começava a falar por "então", seguia algo bombástico...

— Hoje de manhã, fiquei pensando naquela noite e nos dias que se seguiram — ela olhava para onde todos olhavam, para nossas próprias lembranças. — Será que nossos professores faziam parte de uma organização secreta e a gente estragou tudo?

Ela sempre tinha suposições diferentes das de todos. Pelo menos, verbalizava de forma diferente.

— Como?

Retruquei sem muito pensar, mas eu também estava com essa pergunta na cabeça.

— Pare com isso! — falou Angel, sensata como sempre. — Óbvio que não!

— Como você tem tanta certeza assim? — retrucou Cris, de forma desesperada, tentando dar sentido para tudo o que nós havíamos vivenciado e, por outro lado, protegendo as ideias de Quel.

— Oras... porque eles não têm o olhar — concluiu Angel, tentando imitar o olhar de agentes secretos.

— Como? — perguntei, sem entender nada.

— O olhar!... Olhar de pessoas que escondem coisas muito importantes — dessa vez foi Cris quem respondeu.

— Como? Tipo o nosso olhar?

— Ah, esquece! — finalmente falou.

Nós ficamos calados por um tempo. Não havia nada para ser dito. Só ficamos ali sentindo o vento batendo no rosto.

Eu me sentia vivo, mas aquela escola estava ficando entediante. Naquele momento, a passagem do tempo e os fatos ocorridos aconteciam melancolicamente lentos, como se os ânimos viessem dos quatro professores. Um dia, conversando com uma coordenadora, ela me dissera que, muito provavelmente, não eram os professores, mas sim nossas vivências com eles que eram muito preciosas, e nossos sentimentos ficaram presos naqueles tempos.

O caminho do pensamento é algo muito curioso: num piscar de olhos, tudo pode mudar. A polaridade se transforma rapidamente, ora positivo, ora negativo. Quando um pensamento impregna seu ser, ele é carregado para todo o sempre se não conseguimos nos libertar. Assim, a vida certamente torna-se mais pesada.

Depois que Quel trouxe as questões que todos se faziam, mas ninguém expressava, dei-me conta de que nós estávamos tão tensos que nem sequer passou por nossa cabeça voltar à sala misteriosa. Nessa altura do campeonato, o que eu queria acreditar era que tudo não passava de um sonho ruim. Nem sabíamos se ela realmente existia. A vontade de desvendar aquele mistério crescia dentro de mim.

Tentei recordar se a biblioteca havia sido interditada, mas não me veio nada, nem um dia sequer. Sendo assim, o buraco deveria estar lá.

Para ser bem sincero, a culpa batia em minha porta, eu definitivamente era responsável pelo afastamento dos três professores. Se alguém, por acaso, começasse a desconfiar desse sentimento avassalador, estaríamos perdidos. Seríamos crucificados. Nosso social iria por água abaixo.

Há coisas na vida que são curiosas. Um grupo é organizado conforme as ideias e as maneiras daqueles que estão no poder e sempre segue alguém que o direciona. Isso ficou muito claro para mim depois que os professores saíram da escola. Alguns jovens começaram a se juntar e a formar grupos mais violentos. Outros passaram a chorar, e o desejo de ir para casa aumentava. Fiquei com medo, pois alguns coagiam os colegas sem nenhum motivo aparente. Foi um dos primeiros contatos que tive com a violência gratuita. Estudantes começaram a competir por espaço, pelo falso poder, por não terem mais um lugar para colocar a agressividade no mundo de forma construtiva. O líder de cada grupo propiciava tais comportamentos. Nem queria imaginar o que aconteceria conosco caso fôssemos descobertos. Definitivamente, seria nossa morte. Era como se déssemos ao bandido a chave do cofre com o mapa do tesouro.

— Temos que investigar!

As palavras pularam de minha boca. Foi tão estranhamente natural que não tinha percebido que fora eu quem falara.

— Como?! — questionou Angel, com aquele olhar encantador, reagindo de forma assustada. Arrependi-me de ter me apressado.

— Eu também acho! — Quel falou energeticamente.

Cris ficou paralisado com as ideias. Comia seu sanduíche sem olhar para nenhum de nós. Comia para não ter que falar e se responsabilizar por aquela decisão.

— Fiquei com a impressão de que nós fomos os culpados por eles terem saído da escola — tentei explicar com a cabeça baixa. Levantei os olhos e continuei: — Se alguém descobrir isso, seremos crucificados aqui mesmo…

— Mas… — tentou falar Angel.

— Vocês não estão curiosos para entender o que eram aqueles equipamentos? Saber se aquela sala realmente existe? — falava, agora, de forma empolgada. Queria mostrar a Angel que eu não tinha medo. Todos afirmaram com a cabeça. — Podemos começar nossa procura pela biblioteca.

Todos assentiram. Seria lá nosso ponto de partida.

Capítulo XII

A Biblioteca

Estava combinado: iríamos à biblioteca de qualquer jeito. Mas antes, fingiríamos continuar conversando sobre qualquer coisa, para ninguém desconfiar de nada. Pensamos em nos separar em dois grupos, mas chegamos à conclusão de que chamaríamos mais a atenção das pessoas. Elas já estavam acostumadas a nos ver juntos. Levantamos.

— Nossa, eu estava esquecendo!

— O quê? — perguntou Cris, com o jeito de quem estava representando e não sendo natural.

— Preciso pegar um livro — falei mais alto, soando mais artificial ainda.

Quel perdeu a paciência.

— Ah! Larga mão disso, vamos logo para a biblioteca!

Que sem graça, cortou todo nosso trabalho teatral! Ela seguiu na frente, sem olhar para os lados, e nós ficamos parados por um tempo, tomando a decisão de segui-la ou não.

Nós fomos o mais rápido possível à biblioteca. Lá dentro, passamos pela porta e tentamos fazer o mesmo caminho que tínhamos feito naquela fatídica noite. Não conseguimos nos encontrar, a disposição de tudo estava diferente. Não era possível.

Só havia uma explicação: os móveis haviam sido mudados de lugar desde o dia em que estivéramos lá. Angel, que gostava de frequentar a biblioteca, também parecia bem confusa, mas afirmava que ela sempre fora como se dispunha naquele momento, que nada mudara de lugar. Olhamos para todos os lados, procurando a parede perdida. Andamos em todos os corredores. Não encontramos nada parecido com aquela parede.

Para dificultar as coisas, Cris esbarrou em Sandro. Sandro era um dos meninos que se tornaram encrenqueiros. Ele era mais velho e muito maior do que qualquer um de nós. Como se não bastasse. Tinha o prazer em botar terror nos mais novos, agredindo-os! Para piorar, ele sempre andava com seus amigos Gilson e Bartelo. Esses dois, quando sozinhos, eram gente fina, mas quando os três se juntavam, tornavam-se insuportáveis.

— Ei, nanico! O que você pensa que está fazendo? — Sandro tentou nos intimidar.

— Desculpe-me...

Cris gaguejava. Eu estava longe. Quando percebi, corri para ajudar meu amigo. Não que fosse de muita ajuda, mas quem sabe eu não estivesse em um dia inspirado e forte... Na verdade, eu torcia para que minha presença o fizesse pensar duas vezes antes de agir. Seria o tempo exato para nós dois fugirmos ilesos.

— Eu não te vi...

Cris até tentou argumentar, mas quando se está falando com uma anta, pode-se falar qualquer das línguas do mundo que ela não o entenderá.

Sandro levantou a mão para bater em qualquer parte do corpo do Cris. Quel entrou na frente e enfrentou o grandalhão.

— Quero ver se você é macho o suficiente para bater em uma menina!

Eu não duvidaria que ele pudesse fazer isso. Fiquei ao lado dela e Angel do outro.

Os outros dois se aproximaram ao ver a muvuca em torno de seu líder, intimidativamente. Estávamos em vantagem numérica, mas não éramos fortes... Os valentões fecharam as mãos. Lembro-me de encolher para diminuir a dor do impacto. Por sorte, não houve impacto. Nesse exato momento, apareceu um dos bedéis para conversar com a bibliotecária, que não estava presente. Eles deram no pé e nós ficamos olhando um para o outro dando graças por esse milagre. Continuamos nossa busca com mais cautela.

Depois de um tempo de procura, saímos frustrados de lá:

— Eu jurava que era ali naquela esquina — falei, apontando para um determinado lugar.

"Mas não encontramos nada... está tudo como antes? Será que eles mudaram alguma coisa de lugar? Não vi nenhum tijolo de cor diferente ou cheiro de tinta fresca ou qualquer coisa do gênero..." — pensei alto, de forma acelerada, o que não era de meu costume.

— Será que não foi apenas um sonho? — respondeu Cris com outra pergunta.

— Se foi, foi um sonho coletivo — Quel falou ironicamente, com uma pitada de desprezo.

— E se... — começou Angel empolgada. — Ah, deixa para lá — terminou sem ânimo.

— E se... o quê? — tentei incentivar.

— Não, nada.

— Agora que começou, termina! — Quel falou, irritada.

— Não, eu só pensei que talvez fosse preciso vir à noite, mas ao começar a falar, já achei que seria uma má ideia.

Meu pensamento acreditava que a ideia era boa... Na real, ótima. Olhei para Cris e para Quel, os olhos deles diziam a mesma coisa, a única relutante era a dona da ideia, a Angel. Quel imediatamente:

— Então, quando nós vamos?

— Como assim? — perguntou Angel.

— Oras, à biblioteca de noite!

— Vocês perderam o juízo? — ela olhou para todos nós e, se percebendo como voto vencido: — Ah, esquece.

— Lembre-se de que foi você quem deu a ideia! — Quel falou, sorrindo.

— Que seja... Não vou conseguir tirar isso da cabeça de vocês, vou?

— De jeito nenhum! — falamos em uníssono, com um sorriso de excitação.

Estando decidido que iríamos naquele mesmo dia, fomos direto para o quarto delas, escondidos. Estávamos evitando cruzar com Sandro, pois ele poderia querer tirar satisfações do ocorrido na biblioteca.

Apesar de sabermos que estávamos fazendo a coisa errada, agrupamo-nos no aposento delas. Não tínhamos outra saída, precisávamos de privacidade para conversar sobre o assunto, e a pitangueira era muito exposta. Estávamos ficando mais espertos com relação a criar planos. Da vez anterior, havíamos combinado tudo a céu aberto, para quem quisesse saber.

— Aproveitando que não há ninguém aqui... Como faremos hoje de noite? — questionei.

Meus amigos refletiram um pouco.

— Depois do jantar. Voltaremos para os nossos quartos e esperaremos dar 22h30, como da outra vez. Vamos nos encontrar aqui na nossa porta — disse Angel.

Olhei para o Cris e ele assentiu com a cabeça.

— Certo! O que faremos até lá?

— Podemos jogar Imagem e Ação... — Angel falou, achando que ninguém aceitaria sua ideia. Para sua surpresa, todos nós aceitamos, apesar de minha vergonha de fazer mímica. Achei que poderia aliviar a tensão que estava crescendo dentro de mim.

Quando entramos no refeitório, Sandro e sua trupe nos seguiam com os olhos. Não podíamos bobear. Calcular o momento exato de sair sem ter problema era essencial. Não dava para conversar muito sobre nossa tentativa de fuga de nossos quartos na mesa.

Ninguém podia ficar sabendo, pois o rádio peão funcionaria mais rápido que um viral na internet. Comemos e esperamos as pessoas começarem a sair. Saímos junto com um grupão, misturamo-nos no meio deles. Quando foi propício, corremos e fomos direto para os quartos. Ufa, estávamos seguros.

O relógio batia 22h30; meu coração, em torno de duzentas batidas por segundo. Era chegada a hora de sair pelos corredores novamente, ir ao lugar de encontro: o quarto das meninas.

Andamos devagar para não fazer barulho. Apesar disso, chegamos mais rápido do que esperávamos. Batemos quatro vezes na madeira maciça e contemplamos o silêncio angustiados. Raquel foi quem atendeu a porta, seu nervosismo aflorava por todos os poros. Angel estava logo atrás, comportava-se como se estivesse obrigada.

Andamos em silêncio. Queríamos repetir o caminho que tínhamos feito naquela noite. Fugimos do bedel da vez.

Chegamos à biblioteca. Ficamos confusos lá dentro, parecia que as prateleiras haviam se movido de lugar novamente. Passamos a mão na parede, tentando empurrá-la, mas nada se mexia.

Estávamos tão concentrados em achar a passagem mágica que não percebemos a aproximação do bedel, e ele já apontava a lanterna em nossa direção, gritando:

— Alto lá!

Cada um de nós correu para um lado, tentando não ser pego. Não muito tempo depois, percebemos que não havia para onde fugir. Havia outros dois guardas-noturnos que o acompanhavam e o esperavam na porta da biblioteca. Sem saída, rendemo-nos à esperteza deles. Nós quatro fomos levados para nossos quartos.

No dia seguinte, Gilbert não quis deixar o acontecido passar em branco, assim como Summer fazia. No café da manhã, ele nos expôs a todos. Convocou-nos para ficarmos de pé ao seu lado: momento do nu na multidão. Todos esperavam o anúncio do novo diretor, ou seja, dele mesmo.

— Silêncio! Silêncio!

Quando todos se aquietaram olhando para nós quatro, ele continuou:

— Bom dia a todos. Tenho um recado importante a dar. Ontem à noite, esses quatro foram pegos fora de seus quartos, depois das 22 horas — o salão ficou calado, pois era a primeira vez que alguém seria exposto daquela maneira —, e a punição deles — a palavra me gelou os ossos, nunca ninguém havia sido punido ou, se fora, não havia sido em público — será fazer trabalhos de limpeza durante uma semana. Que isto sirva de lição a todos.

Quando ele terminou de falar, o burburinho que permanecia incessantemente desapareceu, sobrando apenas um silêncio mórbido.

Era a nossa ruína social naquela escola. Não havia volta, estávamos perdidos e expostos. Todos cochichavam e riam enquanto passávamos. Angel quase chorava de raiva, pois ela nunca tinha ficado de castigo antes. Ela não queria ter participado naquela noite, como se tivesse tido uma intuição de nosso futuro fracasso. Eu estava me sentindo culpado... O anjo caiu em desgraça, não queria papo com nenhum de nós.

Eu estava triste e cansado, mas ainda desconfiava de que havia alguma coisa errada. Precisava desvendar o mistério. Toda aquela história não me cheirava bem. Decidido. Faria tudo sozinho.

Como se não bastasse, Sandro fazia o terror, sentia-se superior a nós. Ele apontava em nossa direção e nos chacoteava. Quando as pessoas se sentem no poder ou acham que estão, elas desaprendem o limite pessoal. Ele não era diferente. Faltava pouco para se tornar um ditador naquela escola. Seu séquito aumentava a cada dia, pois as pessoas não queriam ser espancadas nem violentadas. Eu sabia que ali se iniciava uma vivência infernal.

Capítulo XIII

A enrascada

O neto estava inquieto no colo do avô. Levantou-se e ficou andando de um lado para o outro. Formulava a pergunta em sua mente. Não conhecia Sandro, mas conhecia outros meninos valentões. O avô esperou as palavras tomarem forma na boca do menino. Antes de conseguir falar, o menino abriu e fechou a boca umas três vezes e olhou para o avô, que estava com a expressão de paz no rosto.

— O Sandro era realmente mal?

O avô sorriu.

— Naquele momento, ele era a pessoa mais malvada que eu tinha conhecido.

— Você encontrou outras pessoas malvadas?

— Muitas! Algumas eram tão educadas que custei a perceber… Mas por que essa sua pergunta?

O menino refletiu um pouco.

— Na minha escola, também tem um menino assim… Minha mãe falou que no fundo ele só quer fazer amizade comigo… Mas eu não gosto dele.

O avô olhou bem para ele e disse:

— Às vezes, não sabemos como lidar com uma situação e algumas pessoas usam da força física, algumas da agressão psicológica e outras, da emocional. Estávamos passando por muitas mudanças e isso gerou muita insegurança em todo mundo. Cada um se segurou como pôde. Talvez, seu colega esteja passando por algum problema e não está conseguindo resolver de maneira mais sutil.

O garoto parou de andar e encarou o avô. Media as palavras dentro dele. Fazia sentido. Muitas vezes, ele se irritava e não sabia o motivo. Suspirou e sentou no sofá ao lado do contador de histórias, conformado. Não sabia como contrapor ao argumento. Em sua pele, era dolorido entrar em contato com o "Sandro" de sua escola. Percebeu também que fora difícil para seu avô conviver com o "Sandro" da escola dele.

Sem saber muito bem onde seu neto se encontrava, ou melhor, havia se perdido, sugeriu:

— Podemos continuar?

— Sim! — o garoto se jogou no sofá.

— Agora vocês podem ir aos seus lugares — Gilbert falou para nós quatro. Enquanto passávamos entre as fileiras, alguns garotos falavam maliciosamente para mim e para Cris, "se deram bem, hein?", e logo olhavam para as duas. Eu tinha vontade de dar um soco na cara deles. Em minha fantasia, eu dava, mas a realidade mostrava-se muito mais impotente. Não podíamos fazer nada. Apenas tentar ignorar a todos. Esse era o grande segredo.

Outros comentários surgiam: "Olha lá, os casais de namorados". Mantive-me silêncio. Cris estava vermelho como um morango bem maduro. Angel parecia que choraria a qualquer instante, sempre olhando para baixo. Sentia que ela se distanciava. O temor consumia meu ser, na possibilidade de Angel nunca mais olhar para nossa cara... Para mim. Ela era a pessoa mais importante de todas... Mas ela ainda não sabia disso. Quel respondia a cada zoeira de forma agressiva o suficiente para qualquer um de nós três ficar calado.

Nossa sorte estava virada. Sentamos todos juntos. Não em nossos lugares habituais, que estavam sendo ocupados por algumas meninas que nem eram do ensino médio. Acabamos fazendo a refeição em silêncio e temendo os acontecimentos futuros daquele dia.

Havia apenas uma única coisa que poderíamos fazer: esperar por nossos trabalhos. Todos já haviam tomado o café da manhã e saído para as aulas. Nós ajudamos a tirar e lavar a louça suja. Perdemos a atividade física, que, aliás, naqueles tempos nebulosos, era a melhor hora do dia. Fizemos tudo em silêncio. Havia momentos em que eu queria falar algo, mas quando olhava para o rosto de Angel, minha coragem parecia fugir. Tentava adivinhar o que ela estava pensando, mas eu nunca fui muito bom em ler mente.

Terminamos de arrumar a cozinha e fomos à aula. Todos comentavam coisas pelos corredores enquanto passávamos. Tentavam descobrir o motivo de nossa tentativa de fuga noturna. Essa é uma situação curiosa e extremamente dolorosa, pois apesar de você estar presente, ninguém lhe para e pergunta o que aconteceu. As pessoas olham, comentam alguma coisa e continuam olhando. Depois de refletir um pouco, achei que fosse melhor mesmo ninguém perguntar nada, pois não poderíamos falar a verdade.

Diferentemente das atitudes libertadoras do senhor Summer, Gilbert era estranho e foi se mostrando apaixonado por controle. Seu comportamento mudara bastante: daquele que nos incentivava a criar, passou a ser esse carrasco. Somente nesse momento pudemos perceber o quanto ele era, na verdade, rígido e autoritário.

O almoço transcorreu da mesma forma. Seríamos divididos, pois cada um teria uma tarefa para cumprir. Cris e eu fomos encarregados de limpar os banheiros. Quel de ajudar na cozinha a preparar o jantar, e Angel de arrumar a biblioteca.

— Acho que, desta vez, a gente quebrou a cara — Cris desabafou.

— É, Cris... Estamos ferrados... — olhei para cima como que pedindo ajuda. — Angel nunca mais vai falar comigo, inclusive depois de tantos comentários maldosos — falei de forma melindrada.

— Fique tranquilo, Toninho. É uma coisa momentânea. Daqui a pouco ela volta a conversar com você. Nós precisamos parar de nos meter em confusão. Com o tempo, tudo vai voltar ao normal — falou ingenuamente.

Se Cris soubesse o que aconteceria nos próximos dias, não teria falado isso.

— Eu não tenho tanta certeza assim.

A sensação era de que a dúvida, a partir daquele momento, me acompanharia sempre. Nunca sentira uma dor tão grande.

No fundo, o que eu percebia era um grande desconhecimento sobre meus sentimentos em relação a tudo o que estava acontecendo comigo. Eu queria que aquela dor parasse a qualquer preço. Estava perdido nela, quando fui tirado por um comentário de Cris:

— Credo! Por que a gente ficou com os banheiros?! — Cris gritava de nojo. — Ninguém merece.

— É, não é justo... — refleti um pouco antes de continuar. — Talvez para Gilbert fosse o castigo que merecemos.

Não encontrei com Angel durante o resto do dia. Não tive coragem de ir procurá-la. Mas a verdade é que eu me sentia esquisito... Estava com saudades dela.

Ao cruzarmos com Quel no final da tarde, a caminho do refeitório, perguntei sobre nossa amiga:

— Quel, você sabe como a Angel está?

— Não, não a vi desde que nos separamos... Ela foi para a biblioteca ajudar lá, mas ainda não voltou...

— Será que está tudo bem com ela? Já passou do horário... — questionei, perdido em pensamentos.

— Eu não sou responsável por ela... — respondeu Quel, impondo seu limite.

— Será que deveríamos procurá-la?

— Não, se ela quiser ficar a sós, é direito dela. Quando ela precisar de nós, ela nos procura.

Sentamos a nossa mesa para jantar. Esperamos um pouco antes de ir pegar a comida. Ela sempre fora pontual... Não chegou.

— Cadê sua namoradinha? — perguntou o petulante Sandro, com aquele sorriso torto.

Fiquei em silêncio. Tentei ignorá-lo. Por sorte, ele foi embora. Ao terminarmos de jantar, seguimos para os nossos quartos. Acompanhamos Quel até o dela. Esperávamos encontrar Angel lá, mas ela não estava. Cris e eu seguimos para o nosso, cabisbaixos.

Conversamos por um tempo sobre assuntos aleatórios, justamente para não dar espaço para o sentimento catastrófico. Já era mais de dez horas da noite e eu estava na cama tentando dormir. Quando comecei a sentir os olhos pesarem, vencendo minha mente agitada, escutei alguém bater em uma madeira. O som soava distante... sem força. Foi tão fraco que me questionei se havia sido um sonho, uma alucinação auditiva ou realmente se alguém nos chamava. Fiquei esperando outras batidas, que não demoraram a acontecer. Levantei-me desconfiado. Fui me aproximando devagar do ruído. A pessoa bateu novamente, agora parecia mais ansiosa. Quem poderia ser àquela hora da noite? Não pude ouvir nada do outro lado. Abri a porta bem devagar. Era Quel. Ela respirava fortemente. Tentei olhar em seus olhos, mas eles estavam opacos e sem brilho, perdidos. Encostei levemente em seu braço e perguntei:

— O que aconteceu?

— A Angel não apareceu no quarto... Eu a estava esperando... Mas ela não apareceu

Fiquei sem saber como lidar com a Quel naquele estado.

— Calma... Vamos fazer o seguinte: volte para seu quarto e tente dormir. Se ela não aparecer até amanhã de manhã, falaremos com o diretor... — eu não estava acreditando no que acabara de falar. — Vou te acompanhar até seu quarto.

Deixei-a no quarto dela. Em vez de voltar diretamente para o meu, andei até a biblioteca fazendo bastante barulho. Era para Ângela me escutar e sair de onde estava.

Os bedéis me acharam primeiro, mas, diferentemente da primeira vez, levaram-me até Gilbert e contei-lhe sobre o sumiço de Ângela. Ele escutou meu relato em silêncio. Quando terminei de falar, ele estava mudo. Pensando. Nunca na história daquela escola havia acontecido algo parecido, pelo menos era o que eu acreditava na época. Visivelmente, ele transparecia a culpa de ter nos deixado de castigo. Parecia procurar as palavras certas para dar as instruções. Recomendou que eu esperasse até o dia seguinte, e caso ela não aparecesse, eu teria passe livre para procurá-la. A única restrição imposta por ele foi manter esse assunto em segredo. Assenti e fui para meu quarto. Não preguei os olhos naquela noite.

Capítulo XIV

Em busca de Angel

Ver o sol nascer não me acalmou, muito pelo contrário, a cada milímetro que o astro se esticava no céu, mais minha ansiedade me consumia. Se ela estivesse sã e salva, eu estava disposto a me esquecer dos fatos e dos mistérios dos dias anteriores.

Levantei-me da cama mais cedo do que normalmente. Cris levantou-se logo depois. Ele sentiu minha agitação. Trocamo-nos e fomos ao refeitório, que estava vazio. Eu olhava para a porta com frequência, esperando que Angel entrasse com seu sorriso mágico. Seria minha cura para aquele inferno que eu estava vivendo. Quel apareceu sozinha e com as olheiras frias, seus olhos se mostravam pesados. Eu percebi que ela também não dormira de preocupação. Ela passara a noite em claro, o que significava que Angel não havia voltado.

— Nada?

— Nada! — ela falou com a voz rouca.

Aquela notícia fez minha concentração flutuar, como se os acontecimentos começassem a ficar em câmera lenta. Os ruídos não chegavam em meus tímpanos. Não sei como, mas eu falei tudo o que havia acontecido na noite anterior.

— Ontem, depois de eu te deixar em seu quarto, fui até a biblioteca ver se a encontrava. Mas, no meio do caminho, fui pego e levado ao Gilbert. Contei tudo para ele. O diretor deixou clara a possibilidade de procurarmos Angel depois do café da manhã, caso ela não voltasse.

Quel ficou em silêncio. As pessoas começaram a chegar. A ausência de Angel tornou-se estímulo para as outras meninas começarem a cochichar sobre os possíveis motivos do sumiço.

Quando meus olhos se cruzaram com os do diretor, fiz um sinal negativo com a cabeça. Sua feição mudou, ele chamou a atenção de todos e disse:

— Bom dia a todos. A trupe do castigo ajudará a senhorita Ana, que está à espera de vocês.

Mal conseguimos comer... Levantamo-nos e fomos direto para a biblioteca. Andamos calados até encontrar com a senhorita Ana. Ela era uma mulher esbelta, com ar de intelectual, além de ser uma pessoa bem misteriosa. Nós nunca havíamos escutado qualquer história sobre ela. Apenas que fora aluna daquela escola, mais ou menos no mesmo período em que os professores Walter e Gilbert, nada além disso.

— Bom dia, dona Ana! — falamos em coro.

— Bom dia, meninos e menina. Podem me chamar de Ana — ela deu um sorriso que lembrava o de senhorita Primavera —, mesmo porque, "dona" faz com que eu me sinta velha. O que os traz aqui a esta hora da manhã?

— O diretor Gilbert nos mandou aqui para lhe ajudar a arrumar a biblioteca.

— É muita gentileza do professor Gilbert, mas ontem a Ângela veio e me ajudou a colocar tudo em ordem.

Pensei em perguntar sobre Angel, mas a essa altura do campeonato, todos eram suspeitos. Calei-me, assim como Cris e Quel. Nós nos entreolhamos e Quel continuou:

— Então, podemos ficar aqui e olhar algumas coisas?

— Claro, fiquem à vontade.

Olhamos em todos os lugares, porém não encontramos nada que pudesse indicar algo que nos levasse à Angel. Estava incomodado, a desconfiança aumentava tanto que beirava a loucura. A pior coisa no mundo é não poder confiar em ninguém… Há momentos em que esse movimento simplesmente acontece, e precisamos recuperar a confiança em nós mesmos e nos outros. Infelizmente, em minha cabeça, qualquer um poderia tê-la machucado. Eu precisava respirar… Precisava manter a calma, ainda não a havíamos encontrado. Ela poderia estar em qualquer lugar.

Minha cabeça não parava. Eu queria resolver aquele problema. Queria encontrar Angel sã e salva. Fizemos um pente fino em todo o lugar. Como era possível alguém sumir assim? Não demorou muito para eu me lembrar dos noticiários de crianças sequestradas sob cuidado das mães. Balancei a cabeça na tentativa de tirar a fumaça que encobria os bons pensamentos.

Quando estávamos quase desistindo, Cris tropeçou no meu pé e caiu. Colocando a mão antes de se esborrachar no chão, virou a cabeça para evitar o choque. Ao se levantar, fez uma careta de quem havia visto algo, mas eu não conseguia fazer uma leitura ampla da situação, entender o que estava acontecendo. Cris ficou em silêncio.

— Você está bem? — perguntei, por achar que ele havia batido a cabeça.

— Estou sim...

— Se machucou?

— Não — ele olhava para as próprias mãos sujas. Depois para o chão, sem mencionar nada.

— Que estranho!

— O que é estranho? — perguntou Quel.

— Parece que esta estante arranhou esta parte do chão. Mas deve ser muito pesada, para... — aproximou-se do móvel, mexeu de leve, nada.

Era uma estante da qual eu não me lembrava, mas como a biblioteca nunca fora meu espaço favorito na escola, não tinha certeza sobre minha sensação de deslocamento.

— Vamos tentar puxá-la com mais força, quem sabe?

Seguramos a estante e usamos toda a força que tínhamos, mas ela nem se mexeu.

Se ela fosse móvel, teria um espaço atrás dela, e minha desconfiança estaria certa.

Embasbacados e embotados de frustração, mirávamos. Nem um centímetro a mais sequer. Imóvel.

— Talvez tenha uma chave ou um código que precisamos encontrar — falei, dando início à busca.

— De onde você tirou essa ideia? — Cris perguntou.

Dei de ombros:

— Vi em um filme.

Passamos a mão em volta da estante, mas não encontramos nada, nenhum botão sequer. Aquela brincadeira estava ficando chata e cansativa. Comecei a cogitar que aquele arranhado havia sido feito quando colocaram o armário naquele lugar e não que fosse a misteriosa passagem secreta que tanto nos deixava soando loucos, ou apenas aventureiros de nossas férteis imaginações.

Quando me dei conta, percebi que eu não seria o primeiro a desistir. Cris fora o primeiro, não queria mais procurar. Ele sempre tinha esse comportamento, não conseguia levar nenhum projeto adiante, o que me soava como medo, porém ele nunca tinha visto dessa maneira. Passou a olhar os livros distraidamente.

— Toninho?

— O quê?

— Não foi este livro que o professor Summer tinha dito que era muito bom?

— Qual? — perguntei, meio irritado por ele ficar fechado nos livros e não procurando a suposta chave que abriria aquela porta.

— Este aqui, ó!

Eu não conseguia ver o que ele apontava.

— Qual?

A irritação de minha voz estava audível.

— Este aqui!

Tentou tirar o livro da estante, mas sentiu dificuldade. Fez mais força:

— Este aquiiii! — era um exemplar do livro *A ilha do tesouro*, de Robert Louis Stevenson.

Um barulho se fez. Olhei-o, e ele, no chão, estava com aquela cara de quem havia feito algo errado. Quel veio voando do outro lado da biblioteca, nem dando tempo para nós entendermos o que havia acabado de acontecer. Ela explodiu com uma pergunta.

— O que você fez agora, Cris?

— Eu? — ele colocava as mãos no peito. — Eu não fiz nada, apenas puxei esse livro e fez este barulho — ele estava quase chorando.

Ela olhou para o móvel e viu o espaço vazio entre a prateleira e a parede. Um espaço que certamente não existia antes. Aproximou-se para analisar o vão que aparecera e olhou para os lados, verificando se Ana se aproximava. Não tendo notado sinal de aproximação, ela colocou a mão no armário e começou a puxá-lo. Pudemos escutar o barulho de roldanas se movendo. A distância entre o armário e a parede não parecia ter aumentado. Ele estava preso. Comecei a ajudá-la, mas não se moveu um centímetro sequer. Olhávamos para os lados, verificando se alguém se aproximava. Ninguém veio verificar o barulho, nem mesmo dona Ana.

Cris pediu para pararmos de puxar. Ele havia percebido algo que nós não. Aproximou-se e mexeu no chão, onde havia uma trava prendendo o móvel. Eu não conseguia acreditar que mais uma vez teríamos que procurar algo para destravar aquela estante. Cris foi até o espaço em que o livro se encontrava antes de ele arrancá-lo de lá. Encontrou um pedaço de barbante com uma das pontas soltas e puxou-o. Um barulho se fez e a trava se soltou. O armário ficou leve, ele deslizava sobre os trilhos.

— Como você sabia? — perguntei perplexo.

— Eu não sabia, achei que poderia ser e tive sorte.

Olhamos para dentro da sala que se abriu atrás da estante. Era ali mesmo. Estava vazio. Somente agora pude ver os trilhos que carregavam a antiga parede de tijolos que nós derrubamos sem querer no outro dia.

— Angel! — gritou Quel com a mão direita perto da boca, em desespero, correndo em direção ao corpo da amiga.

Angel estava caída no meio da sala vazia e abandonada. Meu primeiro pensamento foi que ela poderia estar morta, e essa possibilidade gelou meu sangue. Nós três corremos, com Quel na frente. Ao nos aproximarmos do corpo dela, sentimos a luz se apagar. Alguém havia colocado a prateleira de volta, alguém sabia que estávamos lá e agora queria nos deixar trancados. Eu já estava entrando em pânico. Cris havia corrido para o armário, gritando e batendo, mas ninguém respondia. Seria Ana a pessoa que deixou Angel inconsciente?

Estava bastante escuro. Algumas lâmpadas de emergência acenderam. Não eram fortes, mas iluminavam o suficiente. Quel correu para procurar algum interruptor, antes que a luz se apagasse. Como havia dois botões, na dúvida, ela apertou os dois. Além de acender a luz, uma pequena porta abriu-se no meio da parede perpendicular ao armário.

Olhamos para nossa passagem para o mundo externo. Era nossa única saída. Sem demora, Cris e eu pegamos Angel do chão e a carregamos através da passagem.

Era um corredor estreito e pouco iluminado. Andávamos quase de lado. O corredor era confortável para uma pessoa, já para três, tornava-se bem apertado. Ele seguia reto e plano, sem nenhum objeto no meio do caminho. Não parecia abandonado, o chão não tinha muito pó e não havia teias de aranhas. Por ele, podíamos ver o interior de algumas salas de aulas no térreo. Será que alguém vigiava os alunos dali? Continuamos andando. Em um determinado momento, deixamos de sentir nossos pés. Caímos por um escorregador ou algo do gênero, gritando! A descida deve ter demorado, no máximo, uns dez segundos, mas me pareceu uma eternidade. Caímos numa espécie de cama. Aterrissamos. Um monte de pó subiu em nossas narinas. Quel caiu em cima de Cris, que estava tentando se levantar. Ângela, em cima de mim. Por sorte, ninguém ficou ferido gravemente.

Assim que a poeira baixou e depois de muitos espirros, pudemos perceber que nos encontrávamos em uma outra sala. Nunca tínhamos visto ou escutado falar daquele quarto... Estava abandonado, todos os móveis estavam cobertos por panos, que um dia foram brancos. Olhamos de onde viemos e não encontramos nenhum buraco na parede. Refleti a possibilidade de termos caído em uma armadilha. Levantamo-nos devagar. Angel gemeu de dor, que alívio, graças a Deus.

Aquele quarto tinha uma energia estranha. Havia grandes cortinas penduradas, grandes móveis espalhados de forma aleatória. Quais histórias ele guardava, questionei-me. Fomos andando em direção à porta. A sensação de invasão me atormentava. Minha vontade era gritar e correr dali, mas não podia fazer nenhum dos dois.

— Onde nós estamos? — sussurrou Cris.

— Vamos mais rápido — disse Quel, num tom afobado.

— Calma — falei, ofegante.

Havia uma pequena luz que nos ajudava a ver os objetos cobertos por panos. Não era muito forte e os lençóis, que deveriam cobrir os móveis, também não estavam exatamente cobrindo-os, alguns se espreguiçavam pelo chão. Meu pé enroscou-se em um desses, que se arrastava no piso. Tentei me desvencilhar do pano, mas não consegui, caí. Por sorte, Cris conseguiu segurar Angel. O pó que subiu foi direto para as minhas narinas e logo comecei a espirrar novamente. Ninguém veio em meu auxílio.

— Obrigado pela ajuda — falei ironicamente, mas ninguém me deu ouvidos.

Embaixo daquele pano, descobrimos um baú. Ficamos todos admirados. Nesse momento, percebi que aquela sala era, na verdade, um quarto de dormir.

Devido ao pó que levantei, Quel resolveu abrir as janelas. Abriu primeiramente as cortinas, então o quarto se mostrou. De tanto tempo que ficara fechado, as dobradiças nem sequer se mexiam.

— Ai, que droga, acho que está emperrada... — ela resmungou.

— Espera que eu te ajudo.

Nunca me senti tão feliz como quando o ar fresco entrou no quarto. Porém, percebi que eu nunca havia visto aquela paisagem antes, ou, pelo menos, nunca tinha me dado conta dela. A janela estava ao pé de um precipício, pelo menos era como me parecia na época, mas tenho a vaga impressão de que na verdade não passava de um barranco bem profundo.

Respirei fundo e voltei o olhar para os meus amigos. Cris estava quase no chão, pois Angel estava desfalecida. Corri para ajudá-lo a colocá-la na poltrona ao lado do baú.

O antigo artefato parecia pesado. Grandes alças de ferro negro fundidos nasciam da lateral, na madeira vermelha que o cobria como um todo. Procurávamos os segredos para poder abri-lo. Ao encostar na fechadura, o cadeado destravou silenciosamente. Demos um passo para trás, devido à violência com que se abriu. Olhamos um para o outro, esperando e analisando os próximos passos. Aproximamo-nos devagar e levantamos sua tampa pesada. Deparamo-nos com uma infinidade de coisas. Fomos tirando objeto por objeto e separando aos poucos o que poderia nos interessar. Havia roupas e bonecas, mas o que mais chamou nossa atenção foi um álbum cheio de fotos da turma que estudara uns dezoito anos atrás. Algumas impressões dançavam soltas dentro do livro, assim como a beleza da moça ali presente nos papéis coloridos em sépia. Perdemo-nos, olhando para elas.

— Quem será que é essa menina bonita?

— Não sei, mas parece que ela tinha a nossa idade quando as fotos foram tiradas...

Ficamos um bom tempo olhando para o álbum. Quel nos tirou do transe.

— Gente, temos que ir.

— Verdade, leve o álbum, enquanto eu e o Cris levamos a Angel.

Quel pegou o álbum e correu para a porta, empurrou-a, mas a tábua de madeira permaneceu imóvel. Ficamos parados por um tempo. Olhei para o Cris. Ele foi ajudá-la... nada. A maçaneta funcionava, mas a porta estava bem trancada. O desespero batia em nossos olhos. Quel não perdeu tempo, começou a procurar outra saída ou outra passagem secreta. Eu não ficaria surpreso se encontrássemos uma. De qualquer forma, precisávamos sair daquele lugar.

Quel correu até a janela. Ficou analisando-a. Em seu batente, havia uma estrutura de metal. Passou a mão e tentou puxá-la. Ficou parada por um instante e nos chamou:

— Gente, venha aqui!

— O que foi?

Nós nos aproximamos o mais rápido possível.

— Vejam isto!

Ela apontava para a estrutura de metal. Depois, apontou para o lado de fora da janela:

— Tem uma passarela de ferro que podemos seguir. Não sei onde vai dar, mas é uma possibilidade de sair deste quarto macabro.

Fui até a janela e fiquei pensando no que deveríamos fazer. Sem muito para onde ir, falei:

— Não vejo outra saída. Teremos que ir por esse caminho...

Mas eu estava inseguro. Depois de refletir sobre o perigo que corríamos, não era tempo de ser dominado pelo medo. Tínhamos que seguir, pois Angel estava desacordada e precisava de um médico. Fomos. Por ela.

Fizemos um malabarismo com Angel para conseguir passar por aquela janela. Passamos. Cris e eu carregamos nossa amiga. Quel seguia na frente. O vento batia refrescante, mas a vista estava me deixando tonto. Se caíssemos, não sobraria nada para contar história. Seguimos por aquele caminho que parecia uma ponte, meio parapeito. Nunca consegui definir direito. Os ruídos que fazia a cada passo eram de gelar os ossos. Parecia que a estrutura se romperia a qualquer instante. Era quase tudo plano. No final, havia uma escadaria bem íngreme. No topo, havia uma parede sólida que só ela. O bloqueio desanimou meu coração. Porém, Quel não se deixou abater. Essa era uma característica dela. Movida pela situação da amiga, faria de tudo para encontrar uma saída. Ela olhava para os lados, procurando algum botão que pudesse abrir uma passagem secreta. Passava a mão pela parede, medindo cada centímetro. Analisava a textura, a cor, era um trabalho minucioso.

Cris, cansado de esperar e carregar Angel, encostou as costas na parede. Seu cotovelo apertou uma das pedras que, por sorte, afundou. Um barulho de atrito soou e ecoou pelo precipício. A parede se abriu. Pulamos para dentro da sala desconhecida que, na verdade, conhecíamos muito bem.

CAPÍTULO XV

DISTÂNCIA ABSTRATA

Incrível como algumas situações nos jogam em um nó mental, em que rodamos sem parar, na tentativa de descobrir como desfazê-lo. Em meu íntimo, acreditava que eu deveria saber que todas as salas daquela construção se interligavam de alguma forma, não haveria como ter um quarto que não tivesse entrada ou saída que desse para o prédio central.

Por algum motivo, para o qual não tenho uma explicação científica, temos algumas rupturas dos mapas mentais. Nunca tinha me dado conta de como as coisas são próximas e interligadas... Já reparou que alguns bairros vizinhos parecem ser muito longe, mas são muito próximos? Assim como as estações de metrô Sé e Liberdade, uma do lado da outra, apenas alguns quarteirões as separam. Foi essa sensação que me trouxe ao entrar naquela sala. Ela estava ali, sem que soubéssemos da existência dela, daquele ângulo.

O cheiro dela me jogou para boas memórias de um passado distante... que sentia ser mais do que realmente era. Fora naquela sala que percebi que passaria a morar naquela escola daquele dia em diante. Passei muitas vezes por ela. Meus olhos se encheram de lágrimas, pois me lembrei dos meus professores queridos...

Era a sala do senhor Summer.

Estava imbuído em meus pensamentos e memórias. Não sei dizer quantas vezes Quel e Cris me chamaram. Eu sei que fui tirado de meu estado onírico com a Quel me chacoalhando e gritando por meu nome:

— Toninho! Acorda! Precisamos levar a Angel para a enfermaria!

Meu coração quase pulou para fora ao me dar conta de que estava preso em outra realidade.

— Vamos!

Ela abriu a porta e saímos correndo pelos corredores da escola. Talvez fosse culpa ou apenas desespero, eu quase carregava Angel sozinho. Correr de dois já é difícil, imagine de três?

— Cris, deixe que eu a carrego! Estamos quase caindo com ela. Só me ajude a levantá-la para levá-la nos braços.

Ele me ajudou. Os dois corriam juntos e gritavam para as pessoas saírem do caminho e eu seguia atrás deles. Não sei se foi a adrenalina ou se eu era mais forte do que achava, mas estava carregando Angel no colo, e em nenhum momento senti meus braços queimarem de cansaço. Meu coração estava a mil, sentia o calor do corpo dela se fundir com o meu. Já estava suando quando, próximos da enfermaria, cruzamos com o Gilbert.

— Crianças, o que está acontecendo? Que barulheira é essa?

— Achamos! — gritei.

— Acharam o quê? — ele questionou, sem se dar conta do que eu carregava nos braços.

— Ângela! Professor, achamos a Ângela e ela precisa de cuidados médicos!

— Que bom que vocês a encontraram… Eu estava preocupado!

Ele a pegou de meus braços. Somente naquele momento foi que senti as dores em meus membros. Ele a carregou sozinho.

Capítulo XVI

Na enfermaria

O professor Gilbert ficou conversando com a dona Maria. Nós ficamos olhando para eles. Ao lado de Angel, esperamos algum diagnóstico da condição em que ela se encontrava. Com o término da conversa, ele se virou para nós e falou:

— Queria agradecer pelo bom trabalho que vocês fizeram.

Seu olhar era vazio e cansado, mas parecia ser sincero...

— Eu estava realmente preocupado com ela.

Algo na reação do diretor não me deixou confortável para responder à pergunta que ele fez a seguir:

— Onde vocês a encontraram?

— Ela estava desmaiada num dos corredores da biblioteca. Era um canto que as pessoas não costumam frequentar.

Menti e os outros me ajudaram na mentira.

— É mesmo? — perguntou, sem dar muito crédito ao que eu acabara de falar.

Cris e Quel confirmaram minha versão da história. De alguma maneira, eles também haviam percebido o mesmo que eu. Nós não podíamos contar com ninguém daquela escola.

Não naquele momento. Precisávamos de tempo para descobrir quem havia atacado Ângela. O que sabíamos era que alguém tentou nos prender e nos tirar do jogo. Quel escondia o álbum de todos os olhares. Ela estava impaciente, porque queria dar outra olhada nele.

Dona Maria era quem cuidava dos feridos. Ela mal olhou para Angel e ficou preocupada. Minha sensação ao olhá-la era como se ela já tivesse presenciado algo parecido anteriormente e que não conseguira resolver. Examinou-a. Não muito tempo depois, havia uma ambulância para levar a nossa amiga para o hospital. Ela deixou sua ajudante, Joaquina, em seu lugar e foi com Angel.

Quando eu a vi na ambulância, meu coração ficou apertado. Eu queria ir junto, mas não podia.

— Senhor Gilbert, podemos ir para nosso quarto?

Ele nos olhou e confirmou com a cabeça, pedindo para Joaquina nos dar um chá de camomila para relaxarmos.

Depois de tomarmos o chá, saímos e andamos sem alterar o passo. No quarto, Quel retirou o álbum de fotos que carregava debaixo do casaco.

Sentamos em minha cama, em roda. Abrimos o livro. Agora tínhamos bastante tempo. Não tínhamos a preocupação eminente de cuidar de Angel, apesar de nós três estarmos com a cabeça nela. O ambiente estava um pouco pesado, pois não sabíamos o que estava acontecendo.

Respiramos. Com o álbum aberto a nossa frente, olhamos com mais calma as fotos velhas. O ano de impressão estava ilegível. Grande parte das fotos soltas era de uma moça muito bonita e, algumas delas, em preto e branco. Ela tinha cabelos cacheados que desciam pelos ombros finos. Estava na flor da idade, provavelmente em seu último ano do Ensino Médio.

Quem era essa bela garota? Meu pensamento gritava, quase dava para escutar do lado de fora da cachola. Eu estava encantado. Sua beleza era hipnotizante. Meus olhos estavam presos a ela. Eu tinha sentido isso somente uma outra vez antes, quando vi Ângela pela primeira vez.

Raquel olhava as fotos dos outros alunos. Fui tirado de meu transe quando escutei-a falando alguma coisa, com um tom de surpresa.

— Ahhh!

— O que foi? — perguntou Cris, com um tom de alguém que tinha acabado de levar um susto.

— Este aqui… por acaso, não é o senhor Summer?

A foto estava bem ruim, mas lembrava bastante ele. Não era possível, porque se ele já era professor naquela época, ele já deveria ter uma idade avançada. Na foto, a pessoa aparentava uns trinta e poucos anos. Pensei em comentar, mas poderia ser o pai dele ou o tio…

Continuamos a olhar e as coisas começaram a ficar mais interessantes.

— Por acaso, esta não é a dona Ana da biblioteca? — falou Cris.

— Deixa eu ver! — Quel se aproximou. — Nossa, acho que é ela mesmo, como pode? Mas hoje, ela é muito mais bonita do que nessa foto.

— Peraí! Este aqui não é o diretor? — apontei.

— Pela legenda, creio que sim, mas ele está bem diferente nessa foto.

— Este é o professor Walter?

Quel refletiu por um tempo:

— Se for ele, parece um cientista maluco, olha esse cabelo.

— Parece com ele... — falei e me dei conta de um dado novo. — Aliás, vocês, por acaso, viram o professor hoje?

Todos se calaram e ficaram pensando.

— Pensando bem, eu também não o vi.

— Será que foi ele quem nos trancou? — Cris pensou alto, mas não deu muito crédito ao seu próprio pensamento, pois Walter era o seu professor preferido depois dos quatro.

— Não sei se seria uma atitude dele — Quel refletiu. — Além do mais, como ele saberia que nós estávamos na biblioteca naquele momento?

— Mas ele é bem esquisito, não acham? — perguntei.

— É, isso não podemos negar.

— Inclusive, se você olhar nessas fotos, o professor Gilbert estava sempre bem-arrumado e ele parecendo um bicho-grilo — Quel falou.

— Nossa, verdade... — Cris concluiu.

— O que vamos fazer? — perguntei.

— Acho que deveríamos falar com a dona Ana.

— Não sei...

Respondi com insegurança. Toda aquela história estava mexendo comigo.

— Não sabe o quê? — Retrucou Quel de forma grosseira.

— Estou achando que a melhor coisa que nós podemos fazer é não falar nada por enquanto. Devemos encontrar primeiramente o senhor Walter e tentar descobrir quem é essa garota.

Eu estava agitado e não sabia o porquê, um incômodo mexia por dentro. Eu queria falar sobre minha desconfiança de todos. Achei desnecessário, pois percebia as reações deles e a dificuldade de encontrar alguém para conversar. Foi quando notei que também desconfiava deles, apesar de não ser plausível em nenhum sentido. Para tudo! Por que raios eu estava levando por esse caminho?

— Então, vamos fingir que nada aconteceu, é isso, não é?! — Quel me questionou. Sem muito tempo de reflexão, continuou:

— Vou mais tarde à biblioteca ver se encontro outros livros que possam nos dar dicas sobre todo esse mistério.

— Certo, eu vou procurar informações sobre o professor Walter. — Olhei para o Cris e continuei:

— Acho que seria importante você acompanhar a Quel... Não sei dizer por quê, mas começo a desconfiar que as coisas podem ficar mais pesadas...

Eu não pensava somente nos estranhos acontecimentos, mas na gangue do Sandro. Apesar de Quel dar um baile na gente no quesito de enfrentar as questões de frente. Ele assentiu, depois de corar.

Terminamos nossa pequena reunião. Quel e Cris saíram um tempo antes, para não dar muito à vista sobre o que estávamos aprontando. Eles foram direto à biblioteca, enquanto eu fiquei zanzando em busca de alguma pista sobre o professor ausente.

Dei de cara com o bedel Igor enquanto eu andava pelos corredores. Ele se preparava para mais um plantão noturno. Parecia estranhamente feliz e satisfeito com o que estava para acontecer.

— Boa tarde!

— Boa tarde! — sorriu para mim. Ele tinha aqueles olhares que poderiam ler suas intenções. Seu olhar dava a impressão de conhecer todos os segredos nas esquinas de qualquer mente.

— Bedel Igor, por acaso o senhor sabe onde eu posso encontrar o professor Walter?

O sorriso de Igor sumiu após escutar o nome do professor.

— Por que você quer saber? — retrucou, de forma agressiva.

— Eu precisava tirar umas dúvidas... — menti na cara dura, temendo ser desmascarado — de umas questões de ciência, que ele passou como lição de casa.

— Ahhh! — exclamou com certo alívio. — Ele não veio à escola... encontra-se doente, desde uns dois dias atrás.

— O professor não mora aqui?

Perguntei surpreso. Ele voltou a sorrir com minha reação, apesar do incômodo que apresentava com nosso contato. Eu não consegui ler o seu olhar, mas se fosse para dizer qualquer coisa, eu diria que ele estava ligando o motor de investigador. Se fosse verdade, eu teria que ligar o meu de despistador de enxeridos.

— Não, ele não mora aqui.

— Muito obrigado... Bom, preciso ir... Terei que esperar que ele melhore, né?!

— Dependendo do exercício, o diretor Gilbert pode lhe ajudar. Ele também é da área de ciências, não?

— Verdade! — falei, tentando desconversar. Ele parecia conseguir arrancar as palavras de minha boca, fingindo satisfação.

— Eu não tinha pensado nisso... Vou fazer isso agora mesmo, obrigado!

— De nada!

Ele se virou, apertando os passos. Eu nunca o tinha visto tão perturbado como naquele dia, durante a nossa conversa.

Fui o mais rápido que pude à biblioteca. Entrei e comecei a procurar meus amigos lá dentro. Demorei um pouco para encontrá-los, pois eles estavam cobertos de papéis. Cris foi o primeiro a me ver e fazer sinais para eu encontrá-los. Aproximei-me o mais rápido que pude, sem chamar a atenção dos outros. Ao chegar, Cris se corroía pela curiosidade:

— Então, descobriu alguma coisa?

— Descobri... — parei um tempo antes de responder para tomar ar — o professor está doente e não veio trabalhar.

— Mas... Os professores não dormem na escola?

— Segundo a informação que o Igor me passou, não.

— Toninho — Quel me chamou, sem voltar a vista para mim —, puxe uma cadeira e sente-se aí — ela ordenou, sem tirar os olhos de um jornal. Acomodei-me, sem enrolação, e ela me mostrou um jornal velho da escola.

— Olhe o que eu achei!

O informativo documentava um evento esportivo. Em quase todas as fotos, a menina misteriosa aparecia, assim como os professores Walter e Gilbert. O Walter sempre com os cabelos bagunçados e o Gilbert mais elegante.

— Agora olhe esta!

Ela apontava outra foto. Sem dúvida nenhuma, parecia o senhor Summer.

— É quem eu estou pensando? — tentei não afirmar o que era óbvio para mim.

Cris olhou e deu de ombro.

— Se não é o senhor Summer, é um familiar, talvez pai, irmão, avô...

Alguma coisa não se encaixava, eu sentia perder um dado importante no meio de toda aquela informação. Cris me chamou a atenção.

— Dê uma olhada nisso e me fale o que você acha!

Olhei. Não entendi nada, mas como não podia dar o braço a torcer, procurei algo que desse sentido naquilo ali. Cris percebeu que eu estava perdido, Quel tinha se comportado da mesma maneira que eu. Ele pacientemente começou a me explicar.

— É a planta desta escola — mostrava com o dedo as linhas no desenho, cheios de medidas. — Na verdade, é um conjunto de plantas que mostram as diversas reformas que este edifício sofreu. Esta é a primeira.

Ele apontava para um dos papéis, contendo apenas um quarto, uma cozinha, uma pequena sala e um banheiro que ficava do lado de fora e distante da casa central. As páginas voavam enquanto Cris explicava-as uma a uma, apontando e contornando os desenhos, dando sentido a eles.

Depois de mostrar a pedra fundamental, contou a história da escola através das plantas, que estavam organizadas em ordem histórica, da mais antiga à mais recente. Em nenhuma delas, pudemos encontrar aquele quarto escondido, como se ele nunca houvesse existido. Fiquei perdido naquele monte de papéis sem sentido para mim. Não conseguia entender onde Cris queria chegar. Saímos daqueles papéis quando Quel nos chamou a atenção para outra foto.

— Esta parece dona Maria, vocês não acham?

Um silêncio misterioso tomou o ambiente:

— Vocês também estranharam o comportamento dela quando viu o estado de Angel hoje? Era como se ela já tivesse visto aquilo acontecer anteriormente... Mas não encontrei nada parecido com o que está acontecendo com Angel nos arquivos históricos publicados pelos jornais dos alunos, que escreviam as fofocas da escola.

— Caramba, o que significa tudo isso?

— Que tal perguntarmos à dona Maria? Não teríamos uma foto só dela?

Perguntei sem muita esperança. Mas Quel era mais rápida, já havia separado uma. Era uma foto velha e desfocada. Poderia não ser ela, mas era a melhor foto que nós tínhamos até aquele momento.

— Tem esta, que está um pouco ruim... ela está meio distante de quem estava tirando a foto.

— Essa está ótima! Vamos falar com ela amanhã. Ela ainda não voltou do hospital e está na hora do jantar.

Minha barriga já estava roncando.

— Nossa, já é hora do jantar! — Cris exclamou.

— Verdade! Vamos guardar tudo para que ninguém saiba o que estamos procurando.

Guardamos tudo. Dona Ana apareceu.

— Crianças, vocês não vão comer?

— Vamos sim, dona Ana, só estamos guardando o que nós pegamos.

— Está certo! Não precisava. Obrigada de qualquer maneira. — Ela sorriu e virou as costas.

Terminada a arrumação, fomos para o refeitório jantar, mas antes passamos na enfermaria. Não havia nenhuma notícia ainda. Dona Maria permanecia no hospital. Ela era a única pessoa em quem eu conseguiria confiar. Nossa esperança era que ela fosse do bem. Estávamos apostando nessa possibilidade.

Capítulo XVII

A VISITA

Na manhã seguinte, não aconteceu nada demais. Olhei pela janela, o clima estava nebuloso. A chuva ameaçava cair. Coloquei meu agasalho e desci para o café da manhã. Depois de comer, fomos assistir às aulas. Elas foram lecionadas de forma amena, sem muitas emoções. Na primeira brecha, fomos à enfermaria para perguntar sobre o estado de Angel e falar sobre a foto com dona Maria.

A sala da enfermaria era imensa e confortável, sempre tinha chá para acalmar quem fosse visitar. Para falar a verdade, eu não era muito próximo de dona Maria. Quando a enfermeira chefe nos viu, desligou rapidamente o telefone, como se estivesse escondendo algo de nós.

— Oi, crianças, tudo bem?

— Tudo sim, e com a senhora?

— O que os traz aqui?

— Viemos perguntar se você tem alguma notícia de Angel.

Sua feição se alterou, mas ela manteve a compostura:

— As últimas notícias são boas!

Falou com um sorriso sincero no rosto.

— Será que nós podemos visitá-la? — perguntei.

Ela ficou em silêncio, refletindo um pouco. Antes de conseguir responder, o telefone tocou. Ela o atendeu, pedindo-nos desculpas.

— Só um minuto...

Sinalizou com o dedo.

— Alô?... É ela... Sim, claro, muito obrigada!

Ao desligar o telefone, olhou nos nossos olhos:

— Só mais um minuto...

Pegou o outro telefone e discou um número.

— Gil? Tudo bem? Estou bem, sim... tenho... Ela está bem melhor... Eu estou com alguns alunos aqui e eles querem visitar a amiga... sim... concordo...

Um sorriso apareceu em seus lábios. Neste momento, pude ver uma beleza ímpar que eu nunca havia reparado nela.

— Ele deu permissão de vocês irem hoje mesmo, então se aprontem que estamos partindo daqui a pouco.

— É mesmo?

Ela acenou com a cabeça, sorrindo para a gente.

— Vão se aprontar!

Corremos para nos aprontarmos. Não era comum nós sairmos assim da escola. Normalmente, as ocasiões eram para voltar para casa nas férias ou para viagem de turma. Ou o famoso estudo de campo. Fiquei perdido, eu não sabia o que levar, uma muda de roupa, lanterna, canivete. Mesmo assim, coloquei tudo dentro da mala, e em menos de quinze minutos nós três estávamos esperando na porta da escola. Todos olhavam e se perguntavam o que estava acontecendo.

Dona Maria chegou dentro de uma *van* junto com o motorista. Ao olhar nossas malas, sorriu e nos perguntou:

— Vocês vão visitar a amiga ou vão acampar?

Estávamos indo para uma aventura acima de tudo, pensei comigo.

— Não sabia o que trazer... — Cris desabafou.

— Tudo bem. Não fiquem preocupados, se quiserem deixar as malas no carro podem deixar. Vocês não precisarão delas no hospital, isso eu posso garantir — sorriu.

— Podemos ir! — falou para o motorista, assim que nos acomodamos no banco traseiro.

Começamos a andar. Senti um frio na barriga e uma leve excitação. Fiquei vidrado na paisagem. Após passarmos pelo portão principal, seguimos por uma estrada estreita de terra batida. Havia árvores contornando-a durante um bom percurso. Aos poucos, as árvores começaram a ficar mais espaçadas. Depois de um tempo, a paisagem se abriu num campo, com cercas de madeira e arame farpado.

Quel se mexia impaciente com sua mochila cheia de coisas. Ela estava esperando a melhor hora para mostrar o álbum. Ela nos olhava e nós dávamos de ombro, pois não sabíamos a distância do hospital. Eu achava melhor mostrá-lo quando estivéssemos mais perto do hospital do que da casa. Mas eu não tinha noção de onde nos encontrávamos. Quel tomou coragem, tirou o álbum e puxou assunto com nossa enfermeira.

— Dona Maria...

— O que foi, querida?

— Desculpe-me por interromper...

— Tudo bem, pode falar.

— Por acaso esta aqui é a senhora?

Quel passou o álbum com o dedo em cima da moça que achávamos ser ela. Ela olhou e deu risada.

— Nossa! Onde vocês acharam esta foto?!

Nós nos divertimos com a surpresa dela e sorrimos.

— Sou eu mesma!

— Achamos na biblioteca.

Quel mentia, mas dona Maria não precisava saber de nada, por enquanto.

— Este é o professor Walter?

Maria estava num outro mundo, outra risada despertou de seu peito cheio de carinho.

— É sim! Como ele está novinho aqui.

Ela se dirigiu para o motorista:

— Carlos, você se lembra dessa época?

O motorista deu de ombros, mesmo porque não podia ficar olhando a foto e dirigindo ao mesmo tempo. Dona Maria não se importou, pois estava perdida em algum lugar gostoso de seu passado.

— Este aqui, por acaso, é o diretor?

Outra gargalhada surgiu.

— É ele, sim! Bons tempos esses... Quantas histórias esquecidas...

Sem nós darmos corda, ela continuou sozinha:

— Eu era a mais nova de todos. Os dois eram inseparáveis... Estavam sempre indo para a diretoria.

— É mesmo? — Cris falou com um tom sacana. Era uma informação que ele guardaria para um dia usar, caso necessário.

— As pessoas mudam bastante com o tempo — sorriu e complementou ela. — Não deixem esse tempo que vocês estão vivendo passar, aproveitem ao máximo. Quando menos se espera, ele se vai e fica para trás.

Quel, não se aguentando.

— E esta aqui, quem é?

Dona Maria se calou e empalideceu. Seus olhos desfocaram. Visivelmente ela estava perdida em suas memórias, em um acontecimento terrível daquele tempo da foto. Ela permaneceu em silêncio. Virou o rosto para a janela e ficou olhando para a paisagem que passava rápido. Quel recolheu o álbum e falou.

— Desculpe-me.

— Tudo bem… Foi uma história triste que envolveu a todos os que trabalham hoje na escola. Se vocês não se importarem, não quero falar sobre isso.

Ela ficou em silêncio e uma lágrima pareceu ter saído.

— Sabe, quando Ângela apareceu daquele jeito, achei que a história se repetiria.

Não falou mais nada até chegarmos ao hospital.

Saímos do carro e fomos ao quarto de Ângela. Ao entrar, eu não consegui olhar diretamente para ela, ao contrário de Quel, que já entrou falando pelos cotovelos. Cris e eu observamos o monólogo. Ele, aos poucos, foi se aproximando e participando da conversa. Algo prendia meus pés no chão, uma insegurança tomava meu corpo inteiro. Eu não sabia o que estava acontecendo comigo. O que vinha a minha mente era que ela estava brava comigo. Ela nunca tinha ficado tão brava comigo antes. Eu não sabia como me comportar. Era diferente com os meninos, nós nos dávamos porradas um no outro e depois estava tudo certo. Com as meninas as coisas aconteciam de outra forma que eu não me arriscaria a tentar descrever. Segui o conselho de Quel: dar um tempo para que ela melhorasse de humor, mas a questão que me perseguia era: e se o humor dela não melhorasse, o que eu deveria fazer? Precisava parar urgentemente com aquele monólogo interno, pois ele estava me enlouquecendo. Forcei meu pensamento a mudar de assunto. Poderia ser qualquer coisa, menos a carência e a solidão que eu sentia naquele momento. Lembrei-me de um professor de matemática falando que "e se" não existe! É uma possibilidade infinita e vazia.

Mesmo perdido dentro de mim, analisava aquele pequeno quarto. Por algum motivo, eu me lembro de seu cheiro até hoje. Nossos olhares se cruzaram e, naquele ínfimo instante em que ocorreu, senti uma corrente elétrica correr por meu corpo. Travei, pois um sorriso despontou em seu rosto e, antes que eu pudesse falar qualquer coisa, dona Maria apareceu.

— Tenham calma, crianças, ela ainda não pode falar.

"Como assim, ela ainda não pode falar?", fiquei pensando. O monólogo era porque ela não falava? Ou porque a Quel não a deixava falar? Senti-me tonto. Do lado de fora do quarto, eu escutava os pássaros cantando uma melodia, fechei os olhos e as palavras vieram aos meus ouvidos:

"Oh Deus do céu, o que fazer?
Pareço me fechar em meu mundinho
Naquele que eu não posso mais voltar
Naquele do qual você me tirou um tempo atrás
Naquele para o qual eu não quero mais voltar
Naquele do qual você me tirou um tempo atrás."

Como uma andorinha, dona Maria finalizou:

— Temos que sair daqui a pouco.

Não ficamos muito mais tempo no quarto de Ângela. Despedimo-nos dela e saímos quase satisfeitos. Mal saímos do quarto, Cris perguntou à dona Maria:

— Dona Maria, será que nós podemos visitar o professor Walter?

— Acho que não. Temos que voltar logo à escola.

— Mas é só dar uma passada, ninguém vai ficar sabendo! — insistiu.

— Vai me dizer que você não quer vê-lo também? — Quel perguntou.

— Por que eu iria querer vê-lo?

— Porque você trabalha com saúde e ele está doente.

Dona Maria não sabia o que responder, enrubesceu.

— Então, podemos ir? — Cris terminou.

— Uma passada rápida — ela falou, convencida de que pararíamos de insistir. — Antes, preciso ligar para a escola e avisar que vamos demorar mais do que esperávamos e perguntar se eles precisam de algo da cidade.

Mais uma vitória! Ela se afastou e fez duas ligações. Uma delas, com certeza, foi para a escola informando sobre nosso atraso. Pela quantidade de anotações, a lista de compras era grande. Quanto mais rápido fizéssemos as compras, mais tempo teríamos de conversa com o professor Walter.

Ela nos olhou e já andávamos em direção ao mercado. Ele não era muito grande, mas tinha tudo de que nós precisávamos. Talvez tenha sido a compra mais rápida que eu já fizera em minha vida, com foco e determinação. Nós nos dividimos e cada um foi atrás do objeto específico que tínhamos que levar para a escola. Seguimos rápido para o carro. Colocamos as compras no último banco da *van*, junto com nossas malas inúteis.

O motorista dirigiu-nos à casa do professor Walter. Não demorou muito para pararmos. Olhamos pela janela, estávamos estacionados em frente a uma casa pequena, típica de interior, mas com possíveis recursos de uma casa na cidade. Pude ver uns coletores solares no telhado baixo da casa. Descemos do carro. Quel foi a única a sair de bolsa.

Batemos à porta e esperamos um tempo. Ninguém atendeu.

— Acho melhor a gente ir... — dona Maria sugeriu. — Ele não deve estar... — ela já estava virando as costas.

O barulho de chave virando no trinco soou. A porta se abriu tão devagar como uma tartaruga em câmera lenta. O senhor Walter apareceu. Sua feição não era a que eu tinha em mente, pois ele estava saudavelmente corado para alguém doente.

— Crianças? Maria? O que vocês estão fazendo aqui?

Ele não tinha olho mágico na porta, nem uma janela para espiar quem tocara a campainha, para evitar surpresas.

— Viemos visitar a Ângela, que está hospitalizada, e resolvemos dar uma passada aqui para saber se o senhor está bem... — Cris tentou dar uma olhada para dentro da casa. Ele não o considerava suspeito ou qualquer coisa do gênero, mas ele queria ter certeza. Na verdade, ele gostava demais desse professor para pensar mal dele.

— Ouvimos que o senhor não tinha ido à escola, por estar doente — Cris sorriu ao falar.

Eu nunca tinha visto meu amigo daquela maneira, tão solto. Pudemos ouvir o final de uma música que ele escutava antes de a gente chegar. Ela era algo assim:

“Ao olhar para a terra, te vejo dançando nela.
Ao olhar para o fogo, quero crer em seu amor chegando.”

Eu nunca tinha escutado aquela música antes, mas ela ficou na minha cabeça, assim como o professor Walter pareceu surpreso ao escutar sobre Angel, mas não tocou no assunto.

— Mas vocês não podem sair da escola, podem?

Ele olhou para Maria, que deu de ombros.

— Fico muito feliz com a preocupação de vocês, mas acho melhor irem — havia um tom de urgência em sua voz.

— Eu também acho — acrescentou dona Maria. Mas, antes de ela terminar, Quel adentrou a casa do professor, sem ser convidada.

— Mas o senhor está bem, né?! — falou lá de dentro.

Todos seguiram seus passos. O professor, antes de fechar a porta, olhou para o lado de fora, para ver se havia alguém olhando para aquela cena. Aos meus olhos, pareceu suspeito aquele comportamento.

— Eu vou bem.

Para desfocar de si as perguntas, ele resolveu perguntar algo que nós não havíamos explicado.

— Mas o que aconteceu com Ângela?

— Nós a encontramos inconsciente e dona Maria a trouxe ao hospital.

Ele empalideceu e olhou quase que imediatamente para dona Maria, mas visivelmente seu olhar não estava nela naquele momento. De qualquer maneira, ela fez um sinal afirmativo.

— É melhor vocês irem.

Ele se levantou, mas nós ficamos sentados. Vencido pelo cansaço, sentou-se novamente.

Sua casa era estranha, não tinha fotos, nem animais, apenas coisas: telefone, televisão, computador velho, geladeira, fogão. A casa parecia morta, assim como seu olhar quando mostramos as fotos a ele. Ele tentou desconversar, mas falamos que só sairíamos se ele olhasse as fotos. Ele se esquivava, como dona Maria havia feito. Isso fez nossa mente fritar de tanta imaginação.

— Esse é você? — Cris perguntou.

Senhor Walter ficou olhando Cris segurando o livro. Meu amigo segurava uma página aberta e apontava para uma foto.

— Definitivamente sou eu...

Walter respondeu com um sorriso, mas meio reticente. Eu estava esperando para ver aonde aquela conversa chegaria.

— Quem é essa?

Quel perguntou aos dois. Dona Maria ficou receosa de olhar a foto novamente.

— Esta? — Walter apontava. — Não sei...

E passou a foto para dona Maria, sem nem prestar atenção. Ela olhou mais atentamente, ao ver que era uma outra foto, que estava sem muita definição.

— Se não me engano é a Aninha.

— Será? — retrucou Walter.

Maria repassou a foto para ele. Ele ficou olhando e chegou à conclusão de que era ela mesmo:

— Nossa, ela mudou bastante.

Quel sorria. Eu sabia que a próxima foto seria a da menina misteriosa.

— Quem é esta daqui?

Ela passou a foto para Walter, que empalideceu. Olhou para Maria. Ela não sabia o que fazer. Como num impulso, as lágrimas vieram aos seus olhos. Ele olhou para todos nós e nos perguntou:

— Onde vocês encontraram estas fotos?

— Estávamos andando pela biblioteca quando encontramos numa das prateleiras.

Usei a mesma mentira ao explicar para o diretor onde havíamos encontrado Angel. Ele olhou para Maria tentando falar alguma coisa. Ficaram se olhando como se conversassem em uma outra língua, não verbalizada. Ele abaixou os olhos e respirou fundo:

— Creio não conseguir fugir desta situação se não abrir o jogo, não é?!

Quel se colocou:

— Desculpe-nos, professor... mas só iremos embora depois de você nos falar quem é essa menina linda da foto.

— Ela foi uma amiga muito especial. Seu nome é Adriane... Nessa época, andávamos todos juntos, Gilbert, Adriane e Ana, que trabalha na biblioteca, eu.

— Desculpe-me por interromper, mas e a senhora? — perguntei à dona Maria.

— Como eu disse anteriormente, eu era um ano mais nova do que eles. Eu queria fazer parte daquele grupo, mas eles eram mais velhos e sempre andavam juntos, sem muito espaço para outras pessoas. — Maria falou pausadamente.

— De alguma forma, nós três, Gilbert, Ana e eu, não conseguimos nos libertar da escola, mas também não conversamos mais sobre o assunto, inclusive depois do desaparecimento de Adriane. — Walter continuou falando.

— Desaparecimento? Como assim? Ela morreu?

— Calma, vou explicar — ele passou a mão no cabelo, colocando a franja de lado, respirou fundo e pegou a caneca que estava em cima de sua mesa e deu um gole. — Foi em uma das férias escolares. Ela deveria ter voltado para a casa dos pais. Porém, isso não ocorreu. No meio das férias, recebi um telefonema da escola perguntando se eu sabia o paradeiro da Dri. Eu afirmei que não estava sabendo de nada. Nem deu tempo de eu desligar o telefone, Ana me ligou me informando sobre o que estava acontecendo. Ela e eu decidimos que iríamos para a escola no próximo ônibus. Encontramo-nos na rodoviária e voltamos para a escola. Quando chegamos, estava tudo um caos. Havia a viaturas da polícia por todos os lados. Todos procuravam pela Dri.

Eu não tinha reparado antes na forma como ele a mencionava.

— Os pais dela estavam na escola. Em tese, ela deveria ter voltado para a casa de seus pais — ele limpou a garganta. — Encontramos com o Gil e ajudamos nas buscas. Por um tempo, ficamos mais unidos do que nunca. Não a encontrar estava sendo uma situação muito difícil. Um certo dia, ela apareceu vagando sem rumo pela escola, com olhar assustado... Essa foi a pior parte, pois, além de ela não reconhecer ninguém e ter perdido a memória, sua beleza havia sumido também.

— Como assim? Ela estava deformada? — Quel perguntou, incrédula.

— Não, ela era a mesma, mas aquilo que a tornava bela havia sido tirado dela, como se tivesse desaparecido.

Nesse momento, um calafrio subiu minha espinha, só pensava em Angel. De alguma forma, eu sabia que era diferente, pois ela sorrira para mim, me reconhecera. Eu tinha certeza disso, e ela continuava tão bela quanto antes.

— Mas quem teria feito isso com ela? — Quel perguntou, possessa.

— Até hoje, não temos a menor ideia... Esse é um dos motivos pelo qual eu estudei Ciências, diferentemente de Gilbert, que sempre teve muita facilidade em inventar coisas. Como nunca se descobriu o culpado, os pais dela ficaram com medo de deixá-la sozinha na escola e a levaram para longe de tudo, sem dizer seu destino. Perdemos o contato dela.

Ele pareceu perdido em sua memória:

— Queiram me desculpar, vocês estão servidos?

Ele esticou um pote cheio de biscoitos, que eu nunca havia visto.

Cris foi o único que quis comer sem pestanejar. Porém, ao pegar um deles, acabou derrubando o pote no chão, que se estraçalhou em mil pedaços.

— Desculpe-me, professor! — Cris falou todo culposo.

— Não tem problema, é só limpar — o professor falou.

— Onde tem vassoura? — eu perguntei, já me levantando.

— Deixe que eu pego.

— Sem problema, professor, é só me dizer onde está que eu vou buscar.

— Está na lavanderia. Siga este pequeno corredor. À direita, é a cozinha. Entre nela e atravesse-a por completo. Entre pela porta e, a sua esquerda, você encontrará a vassoura e a pá.

Eu fui conhecer o restante da casa. Não havia nada de mais que pudesse levantar suspeitas sobre seu envolvimento com o sumiço de Angel e de Adriane. Cheguei à lavanderia. Achei a vassoura e a pá de lixo. Peguei-os. Ao sair, vi algo que me chamou a atenção. Era um papel todo desenhado. Lembrava a planta da casa. Eu já tinha visto algo parecido. Havia sido em uma de suas aulas. Estava desenhado um circuito. O título era: "Placa de Hidrogenação". Mas havia outro título que estava riscado. Tentei ler. Eu entendi que estava escrito "Máquina de Esquecimento". Dobrei o papel. Ele era bem grande. Seria quase impossível a gente sair com aquele papel sem ser percebido. Deixei-o dobrado e em um lugar fácil de pegar mais tarde. Voltei e limpamos a sujeira. Fiz um sinal para Quel vir junto comigo para jogarmos o resto fora. Cris comeu o único biscoito que havia restado em suas mãos. Voltamos. Quel pediu para ir ao banheiro. Pegou sua bolsa e se levantou. Seguiu-me. Pegou o papel sem questionar. Guardou-o em sua bolsa. Coloquei a vassoura e a pá no lugar e voltamos. Ela se desculpou pela ausência.

— Ela foi o único caso? — Cris dirigiu a pergunta para Maria, querendo saber sobre Ângela, e ela respondeu com um sorriso triste no rosto:

— Pelo que eu sei, foi o único. Agora parece que sua amiga Ângela está tendo o mesmo problema. O que eu sei é que nenhum médico pode tratá-la, não há explicação física ou mental. Alguns acreditam ser um transtorno pós-traumático, mas nada conclusivo.

— Pois é... Foi como se suas memórias tivessem sido apagadas — desabafou o professor.

— Crianças, está na hora de ir. Na verdade, já passou da hora — ela se levantou e foi em direção à porta. — Walter, queira nos dar licença.

Com um sorriso amarelo, o professor agradeceu pela nossa visita.

Não tínhamos mais argumentos para permanecer lá. O acordo lhes dava a desculpa certeira para não tocarmos mais no assunto naquele momento. Levantamos e saímos. Entramos no carro com uma sensação estranha. As árvores pareciam mais agitadas, mas não havia vento algum naquele momento. Questionei-me sobre minha sanidade, assim como a aparência do professor não parecia tão ruim como Igor havia pintado. Será que eu havia entendido errado? Fiquei me questionando pelo caminho de volta. Ficamos calados. Não nos faltava assunto para ser conversado, mas simplesmente não havia som que pudesse preencher o vazio que a falta de Angel fazia.

Ao chegarmos à escola, mal deu tempo de o carro parar e a auxiliar chegou correndo. Estava toda descabelada, esbaforida e pálida. Eu só conseguia ver medo em seu olhar.

— Ainda bem que a senhora chegou! Não sei mais o que fazer! — a menina estava quase chorando.

— Calma, calma, me explique o que está acontecendo...

— Mais uma... Ela foi encontrada... Eu não sabia o que fazer... Gilbert está lá!

Maria segurou em seus ombros. Acalmando-a, pediu para ela respirar.

— Agora, com muita calma, me fale novamente e mais devagar, pois não pude entender nada, mas vai me falando pelo caminho, vamos?!

Elas começaram a andar, enquanto Joaquina a seguia, contando o que acontecera.

— Outra menina do terceiro ano foi encontrada inconsciente, e nada do que fiz deu certo para reanimá-la. O Gilbert está lá com ela.

Maria empalideceu e apertou o passo.

Ao entrarmos na enfermaria, senhor Gilbert estava branco, sentado ao lado da menina inconsciente. Ao nos ver, ele se levantou e veio ao nosso encontro. Sua expressão de alívio não se mostrou com a nossa presença.

— Onde vocês estavam?

— Desculpe-nos, mas nós avisamos que chegaríamos tarde hoje e aproveitei para comprar o que você havia pedido, mas demoramos mais do que imaginávamos.

— Tome seu posto! — falou arrogantemente. — Chamei uma ambulância, mas ela ainda não veio.

Maria olhou para sua assistente, que tremia com a fúria de Gilbert. Nós nunca o havíamos visto naquele estado, mas dona Maria parecia estar acostumada.

— Jô, por favor, ligue para este telefone — deu-lhe um cartão com um número.

Enquanto Joaquina ligava, dona Maria examinou a menina. Não encontrou nada de errado com ela, assim como aconteceu com Angel.

A menina estava com os sinais vitais de quem dormia, mas tudo o que dona Maria tentou não a fez acordar. Não muito tempo depois, a ambulância chegou. Levaram a menina numa maca e Maria foi junto, ao hospital.

CAPÍTULO XVIII

MAIS UM CASO, O QUE FAZER?

Chegamos ao refeitório e todos comentavam sobre o caso. Comemos e o cansaço tomou nosso corpo. Achei que não conseguiria chegar ao meu quarto. Nenhum dos encrenqueiros apareceu para nos importunar. Todos sentiam o ar pesado. Cada um foi para o seu dormitório. Cris e eu não falamos nada, fomos direto para a cama dormir. O cansaço era tal que esqueci por completo a planta do circuito que encontramos na casa do professor Walter. Só queria dormir em paz e ter bons sonhos. Para meu azar, Cris passou mal a noite toda. Ele se levantou para ir ao banheiro diversas vezes. Em algumas delas, eu levantei e tentei ajudá-lo. Queria levá-lo para a enfermaria, porém ele quase não conseguia andar. Devido a isso, nós dois dormimos muito pouco.

De manhã, acompanhei-o à enfermaria. Meu andar era pesado, meus ombros doíam e minha cabeça não parava em pensamento nenhum. Joaquina nos recebeu. Perguntei por dona Maria, mas ela ainda não havia voltado. Cris deitou numa das camas e ela lhe trouxe um chá.

— O que aconteceu, crianças? — Joaquina perguntou.

— Não sabemos. Cris passou a noite inteira indo ao banheiro.

— O que você comeu? — ela perguntou docemente para Cris.

— O mesmo que o Toninho — Cris respondeu, se contorcendo de dor.

— Você pode levantar um pouco a camisa?

Ele levantou-a e ela começou a apalpar levemente sua barriga. Em alguns pontos, ele urrou de dor.

— Ele comeu alguma coisa diferente?

Fiquei pensando na pergunta dela, mas não me recordava.

— Acho que não... Na verdade, ele comeu uma bolacha diferente.

— Humm... Não sei se seria o caso, mas vou examiná-lo e medicá-lo. Pode passar aqui mais tarde — ela sorriu docemente.

No dia anterior, ela parecia frágil e assustada. Naquele momento, ela se mostrou encantadora. Uma pessoa apaixonante. Deixei-os e me dirigi ao refeitório. Nosso grupo estava super-reduzido. Eu nunca havia ficado a sós com Quel. Não que isso me incomodasse, mas minha ligação era mesmo com a Angel e com o Cris.

Enquanto andava para o refeitório, fiquei pensando nos desenhos de circuitos. Cheguei antes da Quel. Sentei-me e fiquei esperando por ela. Sandro passou por mim e não falou nada. Ele estava diferente. Seu humor estava parecido com o de quando os nossos queridos professores ainda estavam na escola. Olhei-o novamente e percebi que, na verdade, ele estava mais quieto. O caso da menina o afetara. Ela era próxima dele.

Quel chegou bem depois, quase no fim da hora do café da manhã. Ela não parecia ter dormido direito também.

— Cadê o Cris? — perguntou a mim, com um tom perturbado.

— Ele passou mal a noite toda e o levei à enfermaria.

Ela empalideceu.

— Não me diga que...

— Não! Ele passou mal de dor de barriga.

Ficamos em silêncio durante um tempo. Era esquisito. Eu não sabia o que falar, na verdade nossa conversa não fluía. Ainda bem que havia um assunto em comum que ultrapassava a falta de habilidade de comunicação entre a gente.

— Será que ele foi envenenado? — sugeriu Quel.

— Por que você acha isso?

— Porque ele foi o único que comeu daqueles biscoitos estranhos do professor Walter.

Apesar de ter lembrado do fato, eu jamais pensaria que alguém pudesse querer matar o Cris envenenado. Aliás, eu nunca pensaria por esse lado. Quel sempre teve um pensamento mais astuto no sentido da maldade humana. Ela desconfiava de tudo e de todos. Quando ela trouxe a possibilidade, fez sentido. Refleti um pouco mais, achei improvável, pois como ele saberia que o visitaríamos? Mas provavelmente havia sido o biscoito... A não ser que alguém o tivesse avisado que iríamos lá... Eu não queria pensar por este viés, porque daria muito trabalho pensar em todos os envolvidos.

As coisas não estavam fazendo sentido. Minha cabeça rodava com os fatos. Perguntas se formavam em minha mente fértil: primeiramente, se o senhor Walter era o responsável pelo que aconteceu com Angel, o que ele ganharia envenenando a todos nós? Ele não deveria estar sozinho. Se foi premeditado, alguém o avisou, mas quem?

Não queria mais pensar nesse assunto. Tentei limpar a mente, respirando fundo. Então, fui tomado por outro pensamento: será que estávamos perto de alguma resposta?

Eu não tinha nada de concreto. O próximo passo era analisar aquele papel que pegamos na casa de Walter. Sentia que ele era a chave de tudo. Eu estava querendo resolver o problema com poucos fatos, o que me fazia sentir correr atrás de meu próprio rabo. Angel continuava hospitalizada, sem falar, agora outra menina do terceiro ano, e o Cris passou mal durante a noite. Eu não conseguia achar nenhum padrão para os fatos. Em todos os romances policiais que eu havia lido, procurava padrões de comportamento. Estava seguindo os passos de Sherlock Holmes, mas não tinha a inteligência dele e muito menos a astúcia para resolução de crimes.

Cris era a peça que estava fora de ordem, mas tirando-o do quadro geral: eram meninas, que apareciam dormindo e não acordavam por nada. Só acordam depois de um tempo. Aqueles acontecimentos estavam tão estranhos que pareciam com a história da Branca de Neve, mas não havia os sete anões e era vida real. O que o senhor Summer faria? Qual seria a participação dele nisso tudo? Fiquei me questionando.

Capítulo XIX

Então você se esqueceu?

— Mas vô… e o desenho da máquina?

— Como?

— Você comentou que vocês estavam ansiosos para estudar o desenho que pegaram da casa do professor Walter…

— Não falei?

— Não…

— Pois bem, Quel tinha um raciocínio rápido e estratégico. Não era o meu forte, inclusive naquele momento. Minha obsessão por ter uma resposta e acabar logo com o problema que estava perante nós tornava-me cego para os pensamentos mais racionais. Eu queria analisar o papel, ali no refeitório mesmo, sabe? Então perguntei: "Você trouxe o desenho?". Direta como sempre, ela respondeu:

"Não, o desenho está no meu quarto… Pois acho que aqui não seria o lugar ideal para olharmos ou pensarmos sobre o assunto. Mas de noite nós olhamos, combinado?" E eu respondi:

"Você tem razão, estamos combinados então."

À tarde, fui visitar Cris. Ele não estava nada bem. Estava mais pálido do que antes. Dona Maria estava presente, não fazia muito tempo que ela havia chegado do hospital. Ele tomava soro, parecia que estava dormindo. Aproximei-me e perguntei:

— Oi, dona Maria, tudo bem?

— Tudo, querido, bem corrido. Seu amigo aqui está com uma intoxicação alimentar. Você lembra o que ele comeu de diferente de vocês?

Percebi que ela estava um pouco corcunda. Imaginei que pudesse ser das noites mal dormidas. Resolvi não comentar. Tentei desviar o foco para a conversa que estávamos tendo, que aparentemente fugia dos casos esquisitos.

— A única coisa de que me lembro é mesmo do biscoito na casa do professor Walter.

Falei sem refletir muito. Ela parecia descartar minha suposição. Fechou os olhos e ficou pensando. Cris gemeu um pouco e abriu os olhos.

— Você já está bem melhor, parece um guerreiro! — a moça falou com sinceridade.

Cris sorriu, mas não por muito tempo.

— Por acaso você sabe se é alérgico a algum alimento? — perguntou para o Cris.

— Acho que não... Deve ter sido o biscoito mesmo — lamentou. — Ele estava tão gostoso...

Ela sorriu com a confissão e, por um milésimo de segundo, parecia muito mais jovem.

Normalmente, a enfermaria era bem silenciosa, pois era pouco frequentada. Algumas poucas vezes havia um caso de torção, de braço quebrado, mas não muito mais do que isso. No meio de nossa conversa, começamos a sentir um “vu-vu-vu” se aproximando. Eu podia sentir o caos vindo em nossa direção. Gelei e dona Maria também. Ela ficou olhando para a porta esperando o pior.

— Dona Maria!!! — ouvimos alguém gritar do corredor.

Ela se levantou ao escutar o tom de alerta na voz de um garoto do segundo ano do ensino médio. Ele entrou bruscamente na sala.

— Precisamos de sua ajuda!

— O que aconteceu, Guilherme?

— O João está trazendo a Clara. Ela foi encontrada desacordada.

— Eu não acredito! O que está acontecendo com esta escola?

João invadiu a sala, sem ser convidado, com toda sua força. Clara era a sua namorada. Ele estava branco e desesperado por não saber o que fazer naquela situação. Dona Maria indicou uma cama vazia. Fechou a cortina em volta da cama e começou a examinar a estudante. Joaquina chegou correndo de seu horário de descanso e juntou-se a sua superiora. Dona Maria saiu de lá pálida, com o telefone no ouvido.

— Sou eu de novo... Mais uma criança... No mesmo estado... Venha urgentemente.

Não muito tempo depois, uma ambulância apareceu. O socorro foi rápido. Em pouco tempo, colocaram a menina dentro do veículo e partiram com ela a toda velocidade.

João queria ir junto, mas não pôde. João era o cara da escola de quem todos gostavam, sempre sorridente, ajudava a todos. Vê-lo daquela forma era como se meio mundo tivesse caído por terra. Ele não estava tão forte naquele momento, como era de costume vê-lo, chorava em desespero. Será que não havia uma questão histérica nesses novos casos?

Alguns dias depois, a polícia veio à escola para tentar descobrir o que estava acontecendo. Devido aos vários casos de alunos, da mesma escola, hospitalizados. Todas as vítimas eram meninas encontradas desacordadas. Uma equipe enorme invadiu o prédio. O que nos restava era permitir que eles trabalhassem. Havia médicos, nutricionistas, policiais e investigadores. Além de assistentes sociais e psicólogos para dar conta de uma possível crise emocional entre os alunos.

Sem aviso prévio, eles passaram a frequentar a escola. Procuravam qualquer coisa que pudesse explicar os sintomas daquelas meninas que foram internadas. Eles revistaram e conversaram com alguns alunos, não todos. Queriam saber se elas haviam usado ou consumido alguma droga. Os dias passaram e nada encontraram.

Os policiais tentavam recolher mais depoimentos, mas eles os levavam a lugar nenhum. O que todos diziam era que as vítimas foram encontradas desacordadas. Em lugares diversos. Não havia um padrão. Nem os horários batiam. O único sinal de padrão era que os casos ocorreram dentro de nossa escola. De resto, nada.

Outra coisa curiosa era que Walter não estava presente. Em meu ponto de vista, ele deveria ser o principal suspeito. Como eu não tinha como provar que minha intuição estava correta, calei-me.

Os investigadores tinham a esperança de as vítimas acordarem e denunciarem o infrator. Angel poderia ser a chave principal, se ela não tivesse perdido a memória e estivesse muda. Bateu uma tristeza, questionei se ela voltaria a falar... comigo...

Repórteres estavam de plantão nos portões do colégio. Quel e eu ficamos de olho na única televisão que havia naquela escola. Vimos uma repórter falando sobre o acontecido, muitas informações foram inventadas, inclusive das pessoas que estavam inconscientes. As entrevistas com o médico e policiais que passavam o dia todo na escola não traziam nenhuma informação importante. Sempre respondendo de forma esquiva, o policial falava com um tom de decepção.

— Não encontramos nada de errado, parece ser mais uma infeliz coincidência.

— Você está afirmando que as investigações terminaram?

— Não, elas continuarão por tempo indeterminado.

O policial respondeu à entrevistadora visivelmente querendo acabar com a entrevista, mas ela continuou a instigá-lo:

— O senhor não acredita que os culpados esconderam as evidências antes de vocês chegarem?

— É provável que isso tenha acontecido, mas nada desaparece do nada, sempre há algo para encontrar. Se estiver lá dentro, ainda vamos descobrir.

— Muito obrigada, e ficamos por aqui. Agora é com você, Micael!

Nesse momento, resolvi sair daquele salão cheio de alunos desesperados. Andava distraído em direção ao meu quarto quando escutei dona Maria conversando com alguém. Estranhei. Fiquei em silêncio e aproximei-me de onde ela estava, bem devagar para não ser notado. Não pude encontrar ninguém, além dela com o olhar perdido em um dos quadros de antigos diretores pendurado na parede. Incrivelmente, todos pareciam com o senhor Summer.

— Dona Maria?

Ela pulou de susto, saindo do transe. Realmente não tinha me visto nem escutado eu me aproximar. Estava vermelha. Retomando a compostura, respondeu:

— Ah, Toninho, é você! — ela falou, com os olhos esbugalhados. — Levei um susto! Está tudo bem?

— Acho que sim...

Meu silêncio foi curto, eu precisava desabafar com alguém:

— Toda essa história está me tirando o sono, não consigo entender...

Ela ficou me olhando durante um tempo. Levantou-se e me abraçou. Eu não queria sair daqueles braços, me senti pequeno e seguro.

— Ninguém sabe e ninguém está dormindo direito... Mas tenho uma boa notícia: a Ângela voltou a falar e Cris está bem melhor, mas ainda muito fraco.

Sorriu e se afastou, indo à enfermaria.

Aquele abraço me fez sentir mais aliviado e incrivelmente seguro. Subi ao meu quarto. Era estranho não encontrar Cris nele mas, de alguma forma, eu estava me acostumando. Antes de ir para a cama, peguei uma lista de livros que o Cris havia escrito das indicações que o senhor Summer fizera antes de sair da escola. Essa lista tinha o título: "Os 50 melhores livros para serem lidos na escola". Algo me dizia que eu encontraria uma resposta neles, assim como encontramos na *Ilha do tesouro*. Deitei-me e fiquei olhando para o teto. Meus olhos começaram a pesar e minha mente, a ficar mais difusa. Pude escutar uns gritos vindos lá de baixo. Alguém esmurrava a porta. Levantei com urgência, mas sentia o corpo pesado e sem energia.

Arrastei-me até a porta. Ao abri-la, Quel invadiu meu quarto, chorando como eu nunca a tinha visto. Ela começou a me falar o que havia acontecido, outra menina que fora encontrada desacordada:

— Eu estava visitando Cris, como tenho feito... — falou, meio sem graça — quando entraram com a menina descordada — seu olhar ficou vazio. — Estou com medo — finalmente conseguiu falar. — Não parece ter um padrão, a próxima pode ser eu...

Eu não sabia o que fazer. Tomei coragem para falar:

— Então, temos que fazer algo antes que isso aconteça!

— O que nós podemos fazer?

Refleti um pouco antes de responder.

— O que nós temos até agora?

— São quatro histórias parecidas, com exceção daquela do Cris. Pode ser qualquer um da escola. Temos aquele papel que pegamos na casa do professor.

— Isso... Temos esse papel... Aliás, está com você?

Ela parecia mais aliviada:

— Está sim!

— Deixe comigo, vou pensar no que fazer com ele e como interpretá-lo.

— Tudo bem, aqui está!

Algo me veio à cabeça. Sem muita reflexão, falei:

— Todas eram bonitas — olhei para ela —, não que você não seja, é que...

— Não se prenda a isso, continue seu raciocínio.

Ela não era feia. A questão era: ao lado de Angel, só mais uma menina.

— Algo está fugindo de nós.

Silêncio. Sua expressão mudou.

— Posso te perguntar uma coisa?

— Claro! Mas vamos para a biblioteca...

Ela me olhava pedindo uma justificativa. Respirei e continuei:

— Enquanto eu estava descansando, pensei na possibilidade de ter mais coisa lá... Mais importante do que podemos imaginar... Cris pode ter sido uma coincidência. O padrão são as meninas.

— Como assim?

— Por algum motivo, a passagem secreta tinha ligação com um livro que o senhor Summer tinha nos indicado para ler em umas de suas aulas. Fiquei refletindo se não poderia haver mais respostas em suas indicações antigas. Mas é só uma possibilidade, ainda.

— Faz sentido...

— O que você queria perguntar mesmo?

— Não, nada.

— Pode perguntar! — insisti. Foi nesse dia que eu descobri que, às vezes, a melhor saída é ficar em silêncio.

— Você gosta da Angel?

Acho que fiquei roxo. Ela sorriu ao me ver perdendo o controle das palavras.

— Eu... ahhh... Angel?

Ela riu e logo chorou de nervoso. Ao se recuperar um pouco, ela continuou:

— Você sabe se Cris tem alguém especial?

— Nós não conversamos muito sobre isso, mas acho que ele gosta de você.

Ela voltou a sorrir.

— Qual livro você está procurando?

Quel perguntou isso sabendo que dona Ana não estaria lá naquele momento. Tentou encontrar uma lógica sem ter que ler todos num único dia.

— Ainda não sei, tenho uma lista no bolso para procurar.

Ela me olhou incrédula.

— Eu encontrei isto nas coisas de Cris.

Mostrei a ela, passei o dedo na lista, parei em um deles e pensei: "Espero que seja este, *Ilha do tesouro*". Quem sabe um mesmo raio caísse duas vezes no mesmo lugar. Pegamos a lista e seguimos procurando os livros nas estantes. Eu tirava-os dela na esperança de que uma nova porta secreta se abrisse. Nada aconteceu. Montei uma pilha de livros em cima da mesa. Quel só observava o que eu fazia. Estava mais calma e centrada do que eu, como sempre. Ufa! Sua bela agressividade habitual também voltara e ela começou a abrir livro a livro. Não os lia. Procurava algo que saltasse aos seus olhos, que ninguém mais conseguiria ver.

Não muito tempo depois, dona Ana apareceu:

— Vocês vão ler todos esses livros? — perguntou, com um olhar curioso.

Respondi:

— Nós estamos só folheando... Estou querendo começar a ler com mais frequência. Esses livros foram os que o professor Summer indicou.

Eu estava confiante de que ela acreditaria. Faltava só mais uma coisa:

— A senhora pode me indicar um livro bom, para iniciantes como eu?

— Têm bastante histórias aí... De quais tipos de histórias você gosta?

Não podíamos ser diretos com ela, pois não sabíamos quem era o responsável por tudo o que estava acontecendo naquela escola. Tínhamos que falar e não falar:

— Uma que tenha mistério e uns lances de detetive.

Ela me olhou, como se estivesse lendo minha alma. Tentei desviar de seu olhar, mas não consegui.

— Acho que em nenhum desses livros vai ter a resposta daquilo que procuram.

Calei-me, provavelmente fiquei branco. Fiquei imaginando se ela sabia o que procurávamos:

— Mas se quiserem uma dica, cada um desses livros fala algo sobre o que está acontecendo. — Quel questionou:

— Como assim?

Dona Ana pegou o álbum de fotografia e, mostrando a foto dos quatro:

— Este é o início... Só que o mistério nunca foi resolvido. Acredito que quem fez isso com essas meninas também fez com Adriane.

Seu rosto transparecia raiva. Suas mãos estavam fechadas a tal ponto que logo mais sangrariam. Falei:

— Dona Ana, essa Adriane era muito sua amiga?

— Das melhores... Eu nunca pude encontrar outra como ela...

— Sinto muito...

Ela sorriu em troca. Eu sentia que podia confiar nela:

— Você já ouviu falar de passagens secretas nessa escola?

— Passagens secretas? Isto parece coisa de filme, não?

— Talvez, mas você não acha que esses acontecimentos também não são?

Não sabia se deveria mostrar nosso trunfo a ela, mas, naquele momento, não tinha outra saída:

— E se eu te mostrar uma?

Quel olhou-me tentando entender o que eu estava fazendo. Surpresa, dona Ana sorriu e assentiu.

Sem refletir sobre minhas ações, fui direto para a estante. Parei em frente a ela. Procurei o livro e... ele saiu em minha mão. Procurei o fio que o prendia, mas não o encontrei. Fiquei perplexo.

— Eu jurava que era este livro... Nesta estante!

Fiquei procurando a chave da passagem como uma barata tonta. Não a encontrei.

— Acho que você deve ter sonhado... — ela completou, sem querer me ofender.

— Não, dona Ana, é verdade. Eu estava aqui com o Toninho, não foi um sonho! Aqui deveria ter uma passagem secreta! Este deveria ser o livro-chave.

Contamos tudo a ela, que permaneceu em silêncio durante todo o relato. Escutava com atenção. Suas reações eram límpidas como a água da gruta Lago Azul, em Bonito. Ela estava em outro planeta.

— Vocês têm certeza disso?

Apenas confirmamos com a cabeça. Ela ficou refletindo um pouco.

Começou a tirar os livros da estante. Encontrou o buraco pelo qual passava o fio. Tentou puxar a estante, mas ela não conseguiu.

— O fio corria por esse buraco e liberava uma trava que prende a estante à parede.

— Não estou vendo nada, além deste buraco horrível na parede da estante.

Quel se aproximou de mim. Falou tão baixo que eu mal pude escutar:

— É melhor a gente voltar para nossa pesquisa, porque aqui não vai dar em nada. Quem está por trás disso já escondeu as provas.

— Bom, crianças, tem esse buraco, mas como vocês podem ver, o armário não se mexe.

Eu fiquei calado. Olhando. Refletindo. Não sabia o que falar, provavelmente ela deveria me achar um louco varrido. Ela deu aquele olhar de desculpas. Disse que precisava fazer algumas coisas e se retirou.

Voltamos para a mesa. Minha frustração me deprimia. Queria provar que eu não era mentiroso, queria provar que havia algo de muito errado naquela escola. Dona Ana deveria achar que éramos doidos. Eu sabia que algo me escapava e não tinha ideia do que era. Retornava tudo em minha mente: a sala não estava mais lá, dona Ana era muito próxima de Adriane, mostrou raiva e muita dor ao falar sobre a amiga... Questionei-me se ela tinha conhecimento daquele quarto em que encontramos o baú. Minha mente seguia longe. Eu queria perguntar para dona Ana sobre o quarto. Quel começou a ler *Frankenstein*. Ela tinha uma capacidade de leitura muito boa.

— Que história maluca esta... Onde já se viu tentar reanimar um morto?

— Do que você está falando?

— Do *Frankenstein*.

— Espere um pouco... — estava juntando as peças em minha mente.

— O que foi?

— É que... Talvez seja isso que esteja acontecendo, mas no sentido inverso...

— Como assim?

— Vamos voltar um pouco. Como as vítimas são encontradas?

— Desmaiadas?

— Isso!

— Não estou acompanhando.

— É que o processo não é idêntico... Mas seria como se as pessoas sofressem um "boot".

— Um o quê?

— Seria como um computador... Quando o computador trava, as pessoas fazem um "boot" para fazê-lo funcionar novamente... Seria como se as pessoas renascessem.

— É, acho que faz sentido... Mas por que alguém faria isso com as pessoas? O que a beleza teria com a memória? Com Adriane a beleza dela foi embora também... Não faz sentido.

— Não tenho respostas para isso... Mas fiquei pensando... E se... Esquece!

— Agora que começou, termina!

— Fiquei pensando na possibilidade de voltarmos ao quarto misterioso... Acho que lá deve estar nossa resposta. Se tem uma porta, é porque tem outras maneiras de chegar lá.

— Eu só consigo pensar na antiga sala do senhor Summer...

— Deixe-me olhar o mapa... Seria importante o Cris estar aqui neste momento...

Deixamos a planta do circuito de lado, não fosse por desinteresse, mas por falta de entendimento sobre o assunto.

CAPÍTULO XX

UMA NOVA VISÃO

O neto estava incomodado.

— Mas, vô... Não faz sentido as coisas que você está falando...

O avô sorriu:

— Na hora, também não fazia sentido algum. Tem momentos na vida em que os sentidos só vão se abrir depois que tudo passar. Posso continuar?

A criança, que estava com os olhos para além das palavras, só afirmava com a cabeça.

— Onde que eu tinha parado mesmo?

— Vocês queriam saber como chegar àquele quarto estranho.

— Certo!

Eu ainda achava que dona Ana poderia me ajudar. O problema era que eu ainda não sabia como. Quel questionou:

— Se aquele quarto é antigo, talvez a dona Ana pudesse ter conhecimento dele. Certeza de que ele não aparece nas plantas?

— Não, ele não aparece.

Decidida, ela se levantou e foi até dona Ana:

— Desculpe-me por incomodá-la novamente, dona Ana. Queria uma informação sobre aquele quarto que nós te contamos... Você sabe como chegar nele?

— Imagino que talvez fosse o nosso antigo quarto... Fiquei pensando que era a única opção. O acesso seria pelas escadas que ficam logo ali.

Ela apontava para a parede, como se nós pudéssemos ver a escada. Respondi:

— Mas eu não me lembro de ter visto nenhuma porta perto da escada.

— Não é uma porta, é a continuação da escada...

— Mas eu não me lembro dessa continuação!

Ana nos analisou com o olhar julgador. Pensava em nossa reação. Nossos argumentos eram fracos. Não tínhamos prova nenhuma, apenas nossa palavra. Sua certeza era rígida, não tinha dúvida alguma sobre a escada que ela apontava. Ela respirou profundamente e olhou para os lados. A biblioteca estava vazia. Dona Ana olhou para baixo. Esfregava uma mão na outra. Estava reticente com a ideia. Resolveu nos mostrar a tal escada. Saímos da biblioteca. Ela estava tão certa da escada que, ao não encontrá-la, ficou sem reação.

— Estranho... Deveria ter a continuação da escada aqui... Será que era em outro lugar e eu estou enganada?

Não sei direito como as coisas aconteceram, mas saímos em busca de uma possível chave para abrir uma possível passagem. Descobrimos uma alavanca debaixo do último degrau vazado da escada. Puxamos a alavanca em nossa direção, pudemos escutar um barulho de pedra se arrastando. O chão se abriu, aparecendo o resto da escada que antes não havia lá. Dona Ana estava com os olhos arregalados. Ela não sabia o que deveria fazer. Muitas coisas passavam por sua cabeça, assim como pela minha. Impulsivamente, dona Ana reagiu:

— Seria melhor avisar os outros professores.

— Não! — Quel gritou.

Dona Ana ficou olhando para ela, tentando descobrir o que havia acontecido:

— Não podemos confiar em ninguém... Alguém nos trancou dentro da sala que saía da biblioteca, pode ser qualquer um.

— Por que vocês confiaram em mim?

O silêncio tomou o ambiente.

— Na verdade, fui eu que confiei. Foi por causa de sua reação ao ver os livros. Você parecia entender...

— Bom, crianças. Eu não sei o que fazer. É obrigação minha chamar as autoridades e proteger vocês de quem estiver fazendo tudo isso.

— Sem querer interromper... mas podemos descer? — Quel falou de maneira tão sedutora que a curiosidade de dona Ana não a deixou ir embora antes de descobrir o que de fato havia naquela misteriosa escada.

Nós descemos por ela, que estava escura e cheia de teias de aranhas, espiralando pelos degraus. O ar era frio e úmido. Dona Ana parecia se arrepender de ter ido com a gente. Ao perceber que não enxergaríamos nada, resolvemos pegar as lanternas. Ana fechou a passagem e pediu para esperarmos até ela voltar, pois achava que poderia ser perigoso. Buscamos nossas lanternas. Ficamos esperando muito tempo. Falei sem muita certeza:

— Acho que deveríamos ir atrás dela...

— Eu também acho. Está muito esquisito e demorado.

Saímos correndo. Encontramos com Igor, o bedel, mas ele não a tinha visto. Fomos até a biblioteca. Lá a encontramos desmaiada.

— Dona Ana?

— Ela não está se mexendo...

— Ela está morta?

— Não... Pelo menos está quente...

— Acho melhor chamar o bedel — Quel falou e correu em seguida.

Eu fiquei olhando em volta para ver se tinha mais alguma pista. Sentia que algo escapava de minha mente. A porta da biblioteca foi arrebentada por dona Maria que, antes de ver o corpo da amiga, já falava:

— Não, não, não, não pode ser. Você não... Mais uma não...

Aproximou-se. Eu não existia naquele momento. Era apenas aquele corpo que não acordava. Ela a examinou. Eu só tinha um pensamento: Será que ela havia comentado com alguém sobre a descoberta? Ela poderia ter falado com um monte de pessoas no tempo em que ficamos longe um do outro. Caso fosse real, estávamos em desvantagem e mais expostos.

Joaquina chegou com a maca móvel. Dona Maria a ajudou a transportar a amiga imobilizada. Eu a acompanhei. A escola inteira parecia saber. O diretor Gilbert estava na porta, esperando com uma expressão de que perderia o controle a qualquer instante. Algo naquele dia, a feição dele, estava diferente. Eu não conseguia interpretá-lo. Parecia que ele se sentia mais aliviado. O professor Walter apareceu voando:

— Não, não, não... Ela também não!

Parecia que estava vivendo o passado novamente. Mas havia algo sombrio em sua feição.

Estariam os dois mentindo? Os dois estariam juntos? Quem era quem? Em quem eu poderia confiar? Mesmo Quel... Teve um momento em que eu não estava junto dela... Cogitei a possibilidade de ela ter alguma parte naquilo tudo. Eu sabia dos ciúmes que ela nutria pela amiga. Poderia ser um plano perfeito para eliminar todas aquelas pessoas que poderiam ser possíveis obstáculos. Caí em mim, eu a conhecia, ela não chegaria a esse ponto... mesmo porque, no hospital, ela parecia estar emocionada e verdadeira... Poderia ser dissimulação? Eu não podia pensar mais daquela forma, pois estava ficando paranoico. Eu não estava conseguindo confiar em ninguém. Ela era minha amiga. Eu precisava confiar nela. Era nisso que eu precisava me agarrar. Foi a primeira vez que queria que Cris estivesse comigo, mas ele não estava. Logo mais ele sairia e nosso grupo ficaria mais forte.

A ambulância não tardou para chegar. A biblioteca ficou interditada. Os policiais que vieram depois para examinar o lugar "lacraram" o início de tudo. Olhei para dona Maria entrando na ambulância com dona Ana. Sua beleza havia fugido de sua feição. Ela parecia carregar o mundo nas costas. Há quanto tempo ela não tinha uma boa noite de sono? Pensei em falar com o policial encarregado. Sentia que eles não dariam valor para o que nós havíamos achado. Nesse momento, um policial mais jovem, parecia ter menos de 35 anos, aproximou-se de mim.

— Foi você quem a achou, né?!

Desconfiado, respondi:

— Sim, foi.

— Olha, não vou te encher de perguntas, mas se precisar falar com alguém, aqui está meu telefone.

— Obrigado!

Falei, olhando para o cartão. Daniel Faider.

— Bom, meu chefe está me chamando.

Por que ele viera falar comigo? Por que não o chefe dele? Ele já tem cartão? Como faria para ligar para ele se eu não tinha telefone? Havia algo nele que... não sei... Ele me lembrava alguém, mas eu não conseguia descobrir quem era. Sua fisionomia me era familiar e isso trazia certo conforto.

Daniel passou a frequentar mais a escola. Ele foi encarregado de organizar a vigilância. Por algum motivo, ele sempre me cumprimentava. Eu sentia uma boa energia vinda dele, parecia que sabia o que eu estava pensando.

No dia seguinte, Cris teve alta da enfermaria. Foi um momento de alegria, apesar de sermos sempre vigiados. Para onde íamos, havia um adulto por perto. Não conseguíamos conversar sobre os desmaios, muito menos sobre a porta secreta que nós havíamos achado.

Um sentimento de perseguição começou a tomar meu ser novamente. Comecei a desconfiar que eles desconfiavam de mim. Por coincidência ou não, eu encontrei duas das quatro pessoas desacordadas. Realmente, eu podia ser considerado o principal suspeito. Daniel, mais uma vez, apareceu na escola e foi ao meu encontro:

— Oi, você é o Antônio, não é?!

— Sim, sou eu.

— Como estão as coisas?

— Acho que bem... Eu precisava ir para a enfermaria, você pode me dar licença?

— Claro, vou aproveitar e ir para lá também. Preciso falar com a Maria.

Fomos juntos. Minha tentativa de fugir dele fora em vão. Nenhum de nós dois falou durante o percurso. Ao chegarmos, fui direto ao encontro de Maria.

— Oi, Toninho, tudo bem?

— Tudo.

— O que te traz aqui?

— Eu queria saber como estão dona Ana e Ângela.

— Ângela já está para voltar. Já Ana...

Pareceu-me que ela havia engasgado:

— Ela não está nada bem.

— É a mesma coisa?

— Acho que sim... Não posso afirmar... Ninguém sabe o que está acontecendo.

Daniel se aproximou. Ao vê-lo, dona Maria cumprimentou-o:

— Olá, Daniel!

— Oi, Maria, tudo bem?

Eles se beijaram no rosto. Os dois já se conheciam? De onde? Tudo estava ficando muito estranho.

— Você já conhece o Toninho? Ele é um garoto especial. Foi ele quem encontrou a Ângela e a Ana.

O último nome parecia falhar.

— Sim, eu o conheci, não tivemos oportunidade para conversar. Coincidentemente, ele veio perguntar a mesma coisa que eu. O caso é grave?

— Ela ainda não acordou. Nos casos anteriores, as crianças acordavam mais rápido.

— O que está acontecendo?

— Ninguém sabe explicar. As vítimas são encontradas desmaiadas e, quando acordam, estão completamente sem memória e parece que elas perdem o brilho.

Daniel ficou calado. Refletia. Eu tentava imaginar o que se passava em sua cabeça, mas não era possível, ele sabia esconder bem os pensamentos. Mantinha-me longe de qualquer leitura facial. Comecei a gostar dele, apesar de não saber qual era a dele.

— Não acrescenta muito do que eu já sei. Bom, tenho que ir para outros lugares. Aliás, Toninho, você pode me mostrar onde fica a biblioteca?

— Claro! — respondi, mesmo desconfiando que ele já soubesse ir para lá. Se algo acontecesse comigo, dona Maria saberia quem era o culpado. Sentia-me seguro.

Capítulo XXI

De volta à biblioteca

Caminhamos calados até a biblioteca. Ele parecia calmo. Seu andar era forte e seguro. Assim que entramos na biblioteca, ele quebrou o silêncio:

— O que vocês faziam na biblioteca quando encontraram Ana?

Eu o olhei, mas em seguida desviei de seu olhar, como se ele estivesse adivinhando meus pensamentos.

— Pode ficar tranquilo, já revirei isso aqui de cabeça para baixo. Encontrei uma escuta muito velha e somente isso.

Calei-me. Não me sentia à vontade de falar. Queria correr dali e não sabia o porquê. Ele esperou pacientemente eu me manifestar.

— Estávamos fazendo uma pesquisa…

— Então vocês estavam presentes quando ela desmaiou.

— Não…

— Onde vocês estavam, então?

— Na verdade, estávamos esperando-a perto da escada… Ela havia pedido para esperarmos lá.

Ele fez uma careta de quem estava tentando juntar os pauzinhos. Eu não falei por que ela pedira para esperarmos perto da escada, ele também não perguntou.

— Então como vocês sabiam que ela estaria aqui?

— Nós não sabíamos. Depois de um tempo, fomos atrás dela, pois ela estava demorando muito. Encontramos com o Igor no meio do caminho, que nos disse que não a encontrara ainda naquele dia. Foi quando pensamos em procurá-la aqui. Viemos tranquilos, esperando encontrá-la no meio do caminho. Entramos por aquela porta e a encontramos deitada bem nesta região — girei os braços, como que desenhando um círculo no chão. Fiquei parado:

— Quel, a menina que estava comigo no dia, correu para chamar ajuda.

Ele ficou em silêncio por um tempo. Mantinha os olhos fechados, como se visualizasse a cena que eu acabara de descrever. Por fim, abriu os olhos, negros como ônix, sorriu e falou, com a mão direita em meu ombro:

— Obrigado pela ajuda. Se tiver mais alguma coisa que você queira me contar, sinta-se à vontade. Estarei por aqui por um bom tempo.

— Pode deixar.

Algo naquela conversa me fez sorrir de verdade. Eu estava feliz, ele era uma pessoa para quem eu podia contar tudo, mas sentia que ainda não era o momento certo. Eu precisava manter a calma. Ele se despediu e eu saí da biblioteca, pois ele pediu privacidade. Estava um pouco mais leve. Eu tinha combinado de encontrar Cris e Quel. Eles deveriam estar preocupados com meu atraso.

Cheguei em silêncio ao ponto de encontro, na pitangueira. Podia ver que eles cochichavam e davam risadas, mas ao me verem, além de se calarem, eles se separaram em um pulo, como se estivessem fazendo algo proibido. Ambos estavam rubros de vergonha. Fingi que não tinha percebido. Eu expliquei por que demorara, mas achei que eles não se importaram muito com meu sumiço.

Era a primeira vez, desde que dona Ana havia sido levada para o hospital, que nós conseguimos nos encontrar sem nenhum adulto espiando. Acho que eles estavam presos a outro assunto, não pareceram ouvir muito a minha vivência.

Quel quebrou o silêncio para explicar os últimos acontecimentos. Cris ficara um bom tempo isolado na enfermaria, mas naquele momento percebi que ele, de alguma forma, já tinha um certo conhecimento dos fatos. Ela o visitava todos os dias e ficavam horas conversando. Como não era da minha conta, deixei quieto.

Sentei-me no banco em que eles se encontravam. Ela terminou de contar a história e pediu licença para ir ao banheiro.

Assim que ela saiu, eu me virei para ele:

— Pelo que eu estou vendo, vocês estão se dando bem...

O tom de minha voz era de ciúmes, mas tentei disfarçar para que Cris não percebesse.

— É, desde que eu fiquei na enfermaria, acho que estamos nos aproximando...

Nosso assunto parecia ter sumido. Estávamos diferentes... Pelo menos, ele estava diferente:

— Cris...

— Fala, mano...

— Posso te fazer uma pergunta?

— É claro! Vá direto ao ponto... Você nunca foi assim...

— O que você acha da Quel?

— Eu acho... Ela é superbonita... E legal...

— Não era bem isso que eu estava perguntando...

— Não? Então o que era?

Eu não estava preparado para aquela relação entre eles... Parecia tão harmônico nós quatro sermos amigos... E apenas isso...

Capítulo XXII

Prosseguindo

— Mas, vô, você não gostava da Ângela?

— Oi?

— Não estou entendendo esse ciúme com a Raquel e o Cris, se no fundo você gostava da Ângela…

O garoto conseguiu uma grande façanha, deixou seu avô rubro.

— Vamos continuar nossa história, pois não falta muito para sabermos do final.

— Eu queria saber se podemos confiar nela.

Ele me olhou com estranheza:

— Que tipo de pergunta é essa? É claro que sim!

— É que… — tentei consertar o estrago que a pergunta havia feito, mas ele me interrompeu:

— Já sei… Isso eu não esperava de você… Está com ciúmes, não é?! — ele emburrou.

— Não! — gaguejei. — É que…

— Eu achei que você fosse meu amigo, mas acho que estava enganado… Você não suporta nos ver felizes, não é? Só porque Angel está lá sem memória…

Eu nunca havia me sentido tão sozinho como naquele momento. Sentia uma agulhada no peito que parecia que destruiria meu coração.

— Desculpe-me, não queria ofender, nem destruir o que vocês estão vivendo... Nesses últimos tempos, não tenho conseguido pensar direito... Não sei mais em quem confiar.

— Estamos todos no mesmo barco... Como você pode desconfiar de um de nós? — Quase rosnando, ele vociferou: — Jamais pensei que você desconfiaria dela... e, no fundo, de mim também.

Eu não estava entendendo como ele chegara àquele pensamento. Tudo o que eu estava tentando dizer parecia piorar a situação. Quase chorando, confessei como um pedido de desculpas:

— Acho que estou me sentindo perseguido...

— Desculpas aceitas, mas acho melhor a gente se separar por um tempo, deixar a poeira baixar.

Fiquei de olhos baixos. Não conseguia imaginar como seria minha vida sem os dois. Na verdade, sem os três, pois Angel ainda não havia voltado. E quando voltasse, eu não sabia se ela se lembraria de mim. Nunca havia sentido tanta solidão. Provavelmente, ela andaria com os dois, minha solidão aumentaria mais, não queria sentir mais nada. Fiquei pensando qual teria sido o momento em que o Cris ficara tão forte. Ele sempre se colocara em segundo plano, mas agora tinha me enfrentado e dito para a gente se afastar... Perdia um amigo. Talvez o único.

Quando Quel chegou, Cris se levantou e puxou-a para longe de mim. Ela, sem entender, deixou-se levar. Olhou para mim e sinalizei que tudo bem, com um sorriso amarelo. Minha pergunta fez uma barreira ser colocada entre nós três e parecia que não haveria volta tão cedo. Eu senti vergonha de mim mesmo. Onde eu estava com a cabeça? Não havia desculpas para os meus atos. Por um momento, achei que fosse melhor daquele jeito, pois se acontecesse algo ruim, seria só comigo... Eu não conseguia parar de pensar em tudo que acontecera.

No fim da tarde, arrependido de tudo, aproximei-me do casal para me desculpar. Eu estava sem jeito, mas precisava me reaproximar deles. Foi difícil isso, admitir, mas eu precisava deles. Estar sozinho naquela condição estava me matando.

— Oi, gente, eu...

Um barulhento tapa ardeu minha bochecha esquerda. Meu rosto ficou caído para o lado, sem reação. Quel havia me dado um tapa. Merecido.

— Eu podia esperar isso de qualquer retardado desta escola, menos de você.

Saiu andando. Cris, ao passar por mim, esbarrou em meu ombro. Virei-me para tentar falar qualquer coisa e o vi abraçando-a assim que a alcançou. Eles seguiram juntos sem ao menos dar uma olhada para trás.

Meu mundo estava em ruínas. Meus amigos estavam bravos comigo. Além disso, Angel não estava lá. Ela sempre dava um jeito para todos continuarem juntos.

Eu havia sido tolo e arrogante. Não aprendera nada com os dias em que vivemos um dependendo do outro. Desconfiara da pessoa que mais conhecia e em quem mais eu poderia confiar. Nossos dias de aproximação não me foram de aprendizado. Dona Ana, que era um porto seguro, também não estava lá. Comecei a temer o mistério das "belas desacordadas". Nome dado pela repórter que não saía de frente da escola.

Fiquei remoendo tudo o que estava passando em minha vida. Estava com dificuldades de assumir minhas culpas, em plenos 15 anos a vida me pesava os 60. Tentei colocar em tópicos os últimos acontecimentos. Cris mais forte? Por que ele contou a ela? Achei que estávamos certos... A raiva começou a me invadir. Finalmente, comecei a culpá-lo pelo que eu estava vivendo.

Senti-me horrível e sujo por pensar daquele jeito. Eu sabia que era o único responsável por tudo o que estava acontecendo em minha vida. Não tinha por que desconfiar de Quel em primeiro lugar e sabia que eles estavam tendo um relacionamento que me deixava de fora. Ciúme corria em minhas veias também.

Minha única saída era pedir desculpas, mas eu não estava certo de como faria isso. Nossa relação parecia mais gelada que uma geleira do Polar Ártico.

Em minhas tentativas de aproximação, eles sempre davam um jeito de desviar o caminho ou fingir que não me viam. Cris fingia dormir quando eu chegava ou esperava eu pegar no sono para entrar no quarto.

Até os pássaros cantavam:

"Quando se está sozinho
Sem ninguém para se apoiar
O mundo fica enorme e seu ser a flutuar
De alguma forma, precisamos construir pontes
Apesar de ser mais fácil destruí-las
Não deixe seu coração pesar a emoção
Aprenda a enfrentar a situação."

Como eles conseguiam dormir em paz com tudo aquilo acontecendo? Era irresponsabilidade deles deixar as coisas correrem assim. Eu estava começando a ficar muito irritado com a situação, pois não conversava com ninguém mais naquela escola. Aqueles dias foram os piores de minha vida.

A dor em meu peito crescia assim como minha raiva. Meu coração parecia que explodiria.

Certo dia, Daniel, me vendo sozinho no pátio, aproximou-se e puxou assunto:

— E aí, tudo bem?

— Para ser sincero, não muito…

— O que aconteceu?

Fiquei em silêncio.

— Se você quiser falar, sou todo ouvidos — ele fez uma pausa dramática —, caso contrário, tudo bem, ficarei aqui do seu lado se você não se importar.

Como eu não respondi, ele deu de ombros e sentou-se ao meu lado. O silêncio era angustiante.

Finalmente falei:

— Tem umas coisas me incomodando e eu não sei o que fazer…

Parecia que minha garganta estava para sangrar. Havia muita dor presa ali.

— Tem algo que eu possa fazer para te ajudar?

Ele realmente parecia legal. Sempre me deixava à vontade. Infelizmente, eu ainda não conseguia confiar em ninguém, mas uma hora eu precisaria fazê-lo. A vida assim é muito pesada e solitária. Comecei a acreditar que poderia, ou me forcei a confiar nele. Minhas esperanças com relação a isso eram de que eu não estivesse respondendo apenas às minhas carências. Acabei contando quase tudo o que havia acontecido comigo e com meus amigos, sem entrar nos detalhes de nossa aventura. Ele me olhava.

— Que merda... Será que eles são seus amigos de verdade?

— Disso eu não tenho dúvida, são os melhores que alguém pode ter. Mas eu pisei na bola com eles...

— Se são amigos de verdade, eles saberão perdoar e procurarão você para conversar... — sorriu e levantou-se para ir embora.

— Senhor Daniel...

— Sim?

— O que o senhor está fazendo aqui?

Ele pareceu confuso com minha pergunta.

— Digo... Aqui na escola... Perdendo seu tempo, ouvindo meus problemas pessoais...

Ele sorriu antes de falar:

— Prometi a uma amiga minha que estaria aqui para cuidar das coisas... Os amigos são preciosos e amigo é para essas coisas.

— Obrigado! — consegui falar, com lágrimas nos olhos. Eu me sentia seguro ao seu lado.

— Por qual motivo, mesmo?

— Por me escutar...

Eu estava certo, podia confiar nele! Pensei em falar tudo, mas as palavras não saíram.

— Não tem de quê. Se tiver qualquer coisa para me falar, pode contar comigo — sorriu.

Ele estava me dizendo que éramos amigos? Como isso era possível? Ele nem me conhecia direito. Eu era o pior amigo que alguém poderia ter, essa era minha certeza naquele momento. Eles jamais me procurariam mais tarde, eu me penalizava.

Daniel seguiu seu caminho e eu, o meu. Não fui para a sala de aula direto. Eu precisava andar e esfriar a cabeça. Fui até o portão da escola. Os carros da imprensa ainda estavam lá, e quando me aproximei, houve uma movimentação esquisita. Saí correndo de lá, precisava de paz. Depois, fui à pitangueira, esperando que todos estivessem lá para me darem um abraço e falar que tudo o que estávamos passando não passava de um sonho ruim. A árvore frutífera estava dando frutos e nós não estávamos lá. Chorei.

Passei pelo banheiro. Pela enfermaria. Pela biblioteca. Cruzava com os bedéis, mas eles pareciam compreender minha andança. Ninguém me parou para dizer que eu estava atrasado para a aula ou o que deveria fazer. Foi estranho e muito libertador. "Talvez eu pudesse fugir", pensei. Desisti.

Quando voltei à aula, depois de uma meia hora de isolamento social, Cris parecia estar mais aberto para conversar, mas não falamos nada. Fiquei calado, pois meus machucados internos estavam doendo muito. Não falar com meu melhor amigo foi a maior provação que eu tive na vida.

Esse gelo terminou no final do dia, quando Angel finalmente estava voltando para a escola. Encontrei com Quel, ansiosa na porta de entrada, esperando o carro chegar com sua amiga desmemoriada.

— Quel.... você pode me desculpar pela desconfiança?

— Já passou... Nós pedimos desculpas por ter te isolado. Não foi algo que os amigos fazem... Nós dois estávamos estressados e pressionados pelos acontecimentos...

Ficamos em silêncio.

— Vou ficar cuidando de Angel nos próximos dias. Ela vai precisar de ajuda para se readaptar... De alguma forma, temos que seguir a vida... Quanto mais rápido resolvermos, menos pessoas perderão a memória... Mas não sei se quero continuar... Preciso pensar... Agora quero focar em minha amiga.

Ficamos em silêncio. Quando ela me abraçou, senti que realmente nossas diferenças haviam terminado. O calor de seu abraço me fez bem. Agora entendia o que Cris havia visto nela. Só consegui sorrir para os dois.

— Concordo. Fico feliz que não tenha sobrado nenhum rancor entre a gente...

Havia muitos não ditos naquela conversa, que eram para ficar na escuridão. Se viessem à tona naquele momento, brigaríamos novamente. Não queria abrir outra ferida. Calei-me, assim como ela o fez. Esperamos Angel chegar.

Angel estava diferente. Eu ainda a achava linda. Aparentemente, ela não me reconheceu, o que foi muito doloroso. Abraçamo-nos, mas não a senti. Vazio. Acompanhei-as até o quarto delas e fui procurar Cris.

Ao encontrá-lo, ele ficou ao meu lado sem falar nada. Aquele silêncio foi muito bom e precioso. Porém, eu precisava falar:

— Cara... Desculpe-me pela desconfiança... Eu não tinha o direito.

Ele não respondeu.

— Acabei de falar com a Quel e ela me perdoou...

Ele me olhou com o canto dos olhos.

— Acho que vocês combinam e desejo a felicidade de vocês.

Tentei sorrir, mas eu não precisava, pois ele estava sorrindo por si mesmo.

— Ela é demais, não é?!

Ao terminar de falar, ele me deu um soco no ombro. Eu devolvi. Ele retrucou. Quando vimos, estávamos no chão dando risada. Ele continuou:

— Você já sabe que ela não quer mais ficar fuçando por aí para encontrar a resposta dos desmaios, não é?!

— Fiquei sabendo... E você?

— Ainda não sei. Seria mais saudável se a gente falasse com alguém.

— É... Eu pensei nisso também. O que você acha do Daniel?

— Quem é Daniel?

— O policial que ficou aqui rondando a escola.

— Ah... Não sei... Acho-o uma boa pessoa... Foi ele quem conversou com a Quel sobre você e seu sofrimento...

Havia um sorriso em seu rosto. Eu fiquei vermelho, ele estava me conhecendo e eu o estava conhecendo.

— Como ele é de fora, acho que é mais confiável...

— Eu pensei nisso também... Conversarei com ele... Quer vir comigo?

Ele ficou pensando. Senti o medo andar em seus olhos. Não por menos, ele havia ficado na enfermaria alguns dias devido a uma intoxicação alimentar. Todas as vezes que demos continuidade nas buscas, alguém acabava se machucando.

— Você ficaria muito mal se eu não fosse?

— Claro que não — eu sorri para ele.

— Prefiro não ir — falou aliviado —, mas fique sabendo: qualquer coisa, estarei aqui.

— É, eu sei.

Meu amigo estava de volta. Ele temia por Quel. Temia os acontecimentos e temia acontecer com ela e ele não estar por perto. Levantei-me. Saí à procura de Daniel.

— Tom? — Cris me chamou antes de eu sair.

— Eu.

— Como a Angel está?

— Bem... eu não sei direito. Fiquei pouco tempo com ela. Aparentemente, ela não está nada bem... Não senti o abraço dela...

— Sinto muito, de verdade, arrependo-me de ter falado o que eu falei naquele dia... Espero que ela volte.

— Eu também! Resolvendo o mistério, creio que as coisas voltem a ser como eram antes... Talvez melhores — sorri e pisquei para ele, dando a entender sobre a relação dele com a Quel.

Saí em busca de Daniel. Encontrei-o do lado de fora da escola, conversando no celular. Parecia-me preocupado enquanto falava. Ao perceber que eu me aproximava, desligou o telefone e olhou para minha direção.

— Boa tarde, Antônio, tudo bem?

— Tudo.

Respondi sem pensar muito.

— O que te traz aqui fora da escola? Pensei que fosse proibido os alunos andarem para fora do portão.

— Eu estava te procurando, para dizer bem a verdade.

— É mesmo? Em que posso te ajudar?

— Primeiro, queria te agradecer pelo que você fez por mim.

— Sem problemas — sorriu.

— Tem mais uma coisa que eu preciso te contar.

— Sou todo ouvidos.

Contei tudo o que havia acontecido. Cada detalhe. No meio da conversa, ele passou a anotar algumas coisas que eu falava.

Fiquei curioso, mas não tinha como saber o que ele anotava. Eu apenas relatei sobre o senhor Summer, à dona Primavera, o que o senhor Gilbert nos fez passar frente a todos os alunos. As salas secretas, Angel, a casa do professor Walter, o desenho do circuito e por fim dona Ana. Neste momento, ele pareceu mais tenso.

— Você pode me mostrar essa escada?

— Claro!

— Outra coisa, você está com esse desenho do circuito?

— Está no meu quarto!

— Você poderia pegá-lo antes de me mostrar a escada? Preciso fazer um telefonema.

Corri para o meu quarto. Peguei o desenho. Desci o mais rápido possível. Cruzei com Sandro. Normalmente, ele me provocaria, mas ele estava mais calado do que de costume. Cheguei ao portão da escola e incrivelmente havia uma viatura de polícia na porta a minha espera. Entreguei o desenho. Daniel abriu-o e ficou olhando por um tempo.

— É bem complexo. Júlio, faça-me um favor! Leve isto daqui para a central e entregue para o comandante.

— Sim, senhor!

O jovem policial saiu em disparada. Como se aquele papel fosse uma bomba que estava para explodir.

— Resolvido isso, você pode me mostrar a escada?

— Sim, senhor!

Imitei o jovem policial e Daniel riu da situação. Virei-me e fui em direção da escada. Ele me seguia sem dificuldades. Ao chegar lá, eu temia que quem estivesse por detrás dessas coisas misteriosas tivesse arrancado a alavanca fora. Ao encontrá-la lá, todo meu ser relaxou. Puxei-a novamente e a passagem se abriu.

Ele a examinou e ficou pensando antes de qualquer atitude. Por mim, eu já estaria lá embaixo, mas ele era diferente.

— Vamos fazer o seguinte... Vamos ao seu quarto. Você vai pegar uma lanterna e eu darei uma varredura nele para saber se vocês estão seguros lá.

Assim fomos.

Entramos em meu quarto.

Quando dei por mim, percebi que todos estavam lá: Angel, Cris e Quel. Olhei para eles, Quel fez sinal de silêncio para mim e eles continuaram a conversar. Segui as instruções. Fui direto para o armário pegar a lanterna. Demorei um pouco, pois estava mais preocupado em ouvir a conversa alheia do que realmente em pegar o que Daniel havia me solicitado. O policial mexeu em tudo. No final, ele havia descoberto uma escuta. Mostrou-nos e desligou-a. Virou-se para mim e falou:

— Agora podemos falar.

— Ufa, eu não aguentava mais.

Assumi a dificuldade de ficar calado enquanto todos conversam.

— Ufa, nós podemos parar de fingir também, não é?!

— Claro, vocês podem se comportar naturalmente.

Os ombros dos três pareceram relaxar um pouco mais. Eu não estava entendendo o que estava acontecendo. Angel levantou-se e me abraçou. Lá estava ela de verdade! Sim, era ela! Nossa, como eu senti falta daquele abraço! Eu devia estar bravo... mas estava extremamente confuso com relação a tudo isso.

— Desculpe-me, mas tive que fingir. Daniel me pediu para atuar assim. Nós conversamos antes de eu voltar. Todos no hospital estavam admirados com a recuperação de minha memória, apesar de não me lembrar de nada que fosse relacionado com a história que a gente viveu. De alguma maneira, você precisava confiar nele também. E pelo que eu escutei você estava desconfiando de todos.

Ela sorriu e me deu um beijo na bochecha. Meu sangue fervia! Eu estava nervoso... Ela me tirava do eixo! Olhei para Quel para verificar a história.

— Então, foi tudo mentira? — olhei colérico para todos.

— Não! O tapa foi real, você realmente mereceu. Até Daniel vir falar com a gente, eu estava muito brava. Jamais imaginei que você fosse duvidar de mim e de minha lealdade com meus amigos.

Fiquei sem repostas. Aquela história estava mexendo com meus nervos. Eu estava com raiva, estava me sentindo traído, mas, ao mesmo tempo, feliz por Angel se lembrar de mim. Ela se aproximou, mexeu em meu cabelo e me abraçou de novo, dessa vez mais forte, e falou ao meu ouvido:

— É só eu me distanciar por um tempo que você se mete em encrencas. Ficarei aqui para sempre!

Distanciou o rosto do meu e deu um sorriso sarcástico. Fiquei sem resposta, era o sorriso mais belo do mundo. Fui tirado de meu vislumbre quando Daniel colocou a mão em meu ombro e começou a falar:

— Quando eu cheguei, eu também não sabia em quem confiar. Todos são suspeitos quando algo deste porte acontece. Estudei todos os moradores deste lugar. Fui descobrindo as brigas internas e as confusões, mas eu não posso me intrometer. Sou policial, não educador. Logo que cheguei, percebi que você não confiava em ninguém. Isso poderia ser algo positivo, pois você estava sendo ameaçado e não ameaçando. Mas poderia ser negativo, pois poderia instaurar um pensamento persecutório... Eu tinha que diferenciar os dois Antônios que você estava vivendo. Uma das táticas usadas, que pensei numa das conversas com Ângela, foi separar vocês e deixá-los afastados. Sendo assim, quem estivesse por detrás disso tudo, acreditaria que vocês parariam de procurá-lo e talvez parasse de fazer vítimas. Eu precisava impedir vocês de irem em busca dessa pessoa.

— Então... toda aquela história de amizade é mentira?

Eu estava começando a ficar colérico, o abraço de Angel foi para um passado distante. Sentia labaredas de fogo saindo por meus olhos. Daniel respondeu:

— Jamais! Ana é uma pessoa muito especial para mim. Eu fui o último a falar com ela pelo telefone. Ela parecia ter algo. Nós temos nosso código, não tinha como ninguém saber sobre o que falávamos. É um código que nós criamos quando crianças. Ela me ligou da biblioteca e me contou sobre o que estava acontecendo. Na verdade, eu já vinha acompanhando de longe. Ela me contou sobre vocês estarem procurando o quarto de Adriane. Explicou-me sobre a escada que se abriu. Ela não sabia desses mecanismos na escola. Informou-me sobre uma prateleira que se abria, mas ela falou que não viu acontecer. A escada era o ponto factual. Eu ainda conversava com ela. Quando escutei, do outro lado da linha, um grunhido de dor... A linha caiu. Fiquei chamando por ela depois que a linha caiu. Liguei novamente. Liguei para meu chefe e ele me deu permissão para vir aqui. O mais importante: o único objeto não encontrado no pente fino que nós da polícia fizemos no dia em que ela foi encontrada por você foi o celular dela.

Ele olhou para Angel e continuou:

— Infelizmente, Angel perdeu muitas das memórias recentes. Caso contrário, teria sido muito mais fácil pegar esse mau-

-caráter. Se é que ela o viu. Deixamo-la mais tempo no hospital para outros tipos de tratamentos e testes. Esses trabalhos que os profissionais fizeram com ela é o motivo de ela se lembrar de você.

Eu estava confuso. Perdera o controle de tudo. Era o último a saber o que estava ocorrendo. Virei-me para Cris:

— A história de que vocês não vão mais em busca das respostas é verdade?

— Infelizmente é. Todas as vezes que tentamos resolver esse problema, alguém sai machucado. Decidimos que esse era o nosso limite.

"Meu esforço era conciliar o que era verdade e o que não era. Estava ao mesmo tempo muito triste pelas mentiras e pela distância que nós tomamos um do outro." Daniel falou, olhando para mim.

— Este é um momento de escolha. Você pode ficar junto deles ou vir comigo. Particularmente, acho melhor você ficar com seus amigos. Parece-me que a pessoa que está por detrás disso tudo é muito perigosa.

Um medo cresceu dentro de mim depois daquela fala. Foi a primeira vez que eu não estava sendo movido pelo impulso de resolver o quanto antes. Minha consciência me indicava um caminho e meu coração, outro. O temor estava presente. A ficha estava caindo. Muitas reflexões possíveis se confrontaram em minha mente. Sem muita certeza, falei baixo. Tão baixo que duvidei que alguém pudesse ter escutado... Todos escutaram:

— Quero ir até o final... — minha voz falhou neste momento. Respirei fundo:

— Mesmo que esse seja meu fim ou que acabe em nada. Quero descobrir quem está por trás disso.

Ele sorriu. Olhou os outros e todos assentiram.

— Então vamos. Pegou suas coisas?

— Sim, minha lanterna — Daniel verificou a arma que carregava.

— Preciso fazer uma ligação antes.

— Tudo bem.

Ele se ausentou durante um curto tempo. Um silêncio morbido no quarto dominou o ambiente. Ninguém sabia direito o que falar. Não demorou muito para ele voltar. Quando voltou:

— Cris, você pode me emprestar a lanterna?

— Claro!

— Toninho... — chamou meu nome, aquela que frequentava meus sonhos.

Eu me virei e ela se aproximou:

— Tenha muito cuidado — terminou a fala com um segundo beijo no rosto.

Aquele beijo aqueceu meus ânimos. Naquele momento, eu poderia cruzar o oceano a nado. Poderia aparecer um trol ou a mula sem cabeça que eu lutaria de olhos vendados. Sentia-me pronto. Foi difícil focar e conferir tudo o que eu precisava levar. Vestia meus tênis confortáveis, para poder correr se necessário. Minha lanterna... lanterna... Desconfiava que esquecia alguma coisa. Pedi para Daniel esperar um pouco para eu pegar meu canivete. Estava com medo, mas, ao mesmo tempo, empolgado com a aventura. Daniel estava com a feição mais séria. Andamos normalmente até as escadas. Ele tirou sua arma do coldre. Não sei dizer qual era o modelo, mas era de pequeno porte. Segurava com as duas mãos junto com a lanterna. Descíamos os degraus bem devagar. Eu iluminava onde meus pés seguiam.

O medo tem uma forma peculiar de entranhar nas mentes humanas. Ele vai lhe tomando aos poucos e congelando cada parte de seu corpo. Torna sua respiração mais difícil e sua boca, seca. Seus ouvidos ficam aguçados. Qualquer ruído parece um estrondo. Nossa visão fica difusa e, por vezes, vemos coisas que não estão necessariamente lá. Comecei a imaginar que pudesse haver armadilhas e perigos escondidos no escuro.

No fim da escada, encontramo-nos em um corredor cheio de portas. Ele não era muito largo. Cabiam três pessoas andando, uma ao lado da outra. No final deste, havia uma porta. Daniel olhava para todas elas. Assim como ele, eu me questionava por qual delas entrar. Uma delas era a porta do quarto de Adriane. As outras, eu não fazia ideia.

Daniel olhava com a lanterna para todos os lados. Parou na primeira porta. Tentou abri-la. Estava emperrada. Forçou um pouco mais e as ferrugens se soltaram. Era um banheiro velho. Não era para tomar banho, porque não havia chuveiro, somente o vaso sanitário. Ele ficou em frente à outra e fez o mesmo processo. Fomos deixando os cômodos vazios e abertos. A terceira porta, à direita, estava trancada. Dessa vez, deveria ser o aposento em que estivéramos da outra vez. Era a última porta antes da do final do corredor.

— Essa deve ser a porta do quarto sobre o qual te falei, pois ela estava trancada quando a gente esteve lá dentro e permaneceu assim.

Daniel pediu meu canivete emprestado. Ele não parecia ter muita prática no assunto. Cogitei sugerir para ele arrombar a porta com o ombro. Mas antes que eu pudesse falar qualquer coisa, escutamos um creck, e a porta se abriu.

Pude sentir o vento bater em meu rosto, e com ele um calafrio subiu minhas espinhas, me fazendo estremecer todo. A janela continuava aberta, provavelmente desde o dia em que estivemos lá, ou seja, ninguém havia passado por ali desde então. A claridade entrou pelo corredor nos ofuscando. Aparentemente, tudo estava como havíamos deixado. Olhando para todos os lados, eu, no impulso, fui direto para o baú. Agachei-me em frente a ele. Daniel vinha mais lentamente atrás de mim. Quando ele chegou, escutamos a porta se fechando. Eu pulei no impulso de correr até ela. Daniel não se moveu. Seu foco era o baú.

— Não vá até lá... Vamos ver primeiro isto aqui.

Contrariado, voltei.

Ele o abriu com facilidade. Começou a tirar as coisas com cuidado e eu fui ajudando-o. Aparentemente, estava do jeito como havíamos deixado. As roupas velhas. Não havia nada para ajudar a desvendar o mistério. Ao mexer na tampa, acabei enroscando um fio em meu dedo. A costura foi se desfazendo. Caiu um pedaço de papel todo dobrado.

Daniel pegou-o e o abriu com todo o cuidado. Era uma planta da construção antiga, muito mais velha do que aquela que havíamos visto na biblioteca. Nela, havia alguns corredores e quartos a mais. Daniel corria o dedo como se estivesse lendo braile.

— Essas salas nós já vimos... Temos que seguir por aqui... Lembre-se de que todo cuidado é pouco... Vamos.

Andamos até a porta, devagar. Daniel chegou primeiro e empurrou-a. Ela estava emperrada. Ele forçou-a até quebrar o que a segurava. Alguém havia colocado uma cadeira para prendê-la.

Segundo o mapa, tínhamos que seguir andando pelo corredor até a última porta. Abrindo-a, encontraríamos uma sala e haveria uma passagem para outro lugar. Saí do quarto e olhei para os dois lados. Vi um vulto passando. Não pensei duas vezes, corri. Daniel tentou me impedir, mas não conseguiu. Eu tinha uma coisa em mente: precisava pegar o maldito para acabar com tudo aquilo mas, como um bom adolescente, fui imprudente. Como um choque anafilático depois de ser picado por uma abelha, caí na escuridão, sem poder reagir.

Capítulo XXIII

A verdade aparece

Ao acordar, descobri que estava amarrado no chão frio de uma sala que não conseguia identificar, acho que eu nunca tinha estado lá. Minha cabeça doía. Sentia dor pelo corpo todo. Não conseguia me mexer. Estava deitado.

Levantei a única parte solta de meu corpo, a cabeça. Tentei analisar a situação e relembrar como havia parado ali. Não consegui ver muita coisa. Vi apenas uma sombra na parede. A iluminação era precária. Lembrou-me luz de vela.

Em meio ao silêncio, escutei um barulho vindo de onde eu não conseguia ver. Provavelmente, pela displicência, era a pessoa que estava por detrás de todos os acontecimentos dos últimos dias. Mexi-me para tentar me desamarrar. Acabei fazendo muito barulho. A pessoa interrompeu o que fazia e voltou-se para mim. O medo tomou-me. Fingi estar desmaiado. Fiquei de olhos fechados, escutando a respiração dele. Ele parecia não querer sair de lá e se aproximava cada vez mais.

Comecei a me sentir culpado por ter colocado Daniel naquela situação. Eu não conseguia me lembrar de como havia parado ali. Enquanto eu fingia estar desmaiado, de olhos fechados, lembrei-me de ter saído correndo sem nenhum cuidado.

Após passar pela porta, senti uma dor na cabeça e nada mais. Provavelmente, ele foi atrás de mim e acabou ali também. Fiquei procurando meu canivete. Não o encontrava de jeito nenhum.

Aquele monstro sabia que eu estava acordado. Sua voz estava deformada. Não tinha como saber quem poderia ser... fosse conhecido ou não. Não consegui ficar muito tempo parado de olhos fechados. Ao abri-los, pude ver na contraluz um homem usando máscara, de cabelos bagunçados e com um longo jaleco branco.

— Eu sabia que você estava acordado! — levantou-me à força. — Você é um garoto muito intrometido!

Sentia raiva em sua voz. Meu medo cresceu. A máscara que cobria seu rosto quase que por completo deixava apenas sua boca para fora. Ele sorria de forma medonha. Andava meio corcunda de um lado para o outro, mas seus movimentos pareciam caricatos.

O quarto estava cheio de parafernálias: fios elétricos e tubos que cruzavam a sala com diversas tonalidades de cor. Havia um armário num dos cantos com portas fechadas. Mais ao fundo, eu podia ver algumas jaulas. Numa delas, havia um ser cadavérico. Não dava para reconhecer quem poderia ter sido. Estava vivo, podia-se ver a respiração bem debilitada naquele corpo esquelético e sem energia. Um sentimento de compaixão me afetou. Tentei me soltar com mais força, mas ele havia me prendido muito forte.

Minha atenção estava em como sair dali. Salvar Daniel e desvendar o mistério. Enquanto aquele ser horripilante andava e resmungava palavras que não faziam sentido algum para mim.

Sua força não correspondia àquele corpo, era muito forte, quando ele me levantou e me levou para a cadeira, que parecia aquelas de barbeiros. Estava preso. Desesperado, tentei me desvencilhar de suas mãos, mas foi em vão. Ele me jogou lá como se eu fosse um boneco de brinquedo e me amarrou novamente. Não conseguia mais mexer meus membros superiores, pois estavam amarrados ao braço dela. Havia momentos em que eu sentia minha consciência me abandonar. Ele andava de um lado para o outro falando com sua sombra.

— Nunca fiz algo assim com os homens... Quais seriam os efeitos? — resmungou aquele ser.

Pelo jeito dele, comecei a desconfiar de Igor. Ele era o único corcunda da escola e era manco. Fiquei receoso em tornar público, quando eu saísse dali, pois eu não tinha nenhuma certeza.

O riso daquela pessoa me incomodava muito. Ele segurou num ferro que saía da parede e abaixou-o. Um pano subiu. Lá estava o senhor Summer, preso como um animal. Seu desânimo era claro. Sua alma estava destruída pela condição desumana em que o cientista maluco o colocara. Em seguida, ele apertou um botão e um maquinário gigantesco começou a descer do teto:

— Agora, vamos para o primeiro teste. Melhor nele do que em mim.

Sua risada estridente tomou o lugar. Ele apontava para a minha pessoa. Tentei me mover, mas eu estava bem preso. Foi o barulho que chamou a atenção do senhor Summer pela primeira vez. Seu olhar era vazio. Não havia vida nenhuma lá dentro. Ele não me reconhecera de primeira, mas logo:

— O que essa criança faz aqui? Perdeu de vez o juízo? Esse não era o trato!

— Summer, Summer, Summer, esse sempre foi o seu problema, você acredita demais nas palavras. Apesar de toda a sua experiência, parece que não conseguiu aprender nada.

— Eu confio em tudo o que é natural. Nasce, desenvolve-se e morre. O restante é o homem tentando dominar uma dessas três possibilidades. O que acaba tornando uma busca doentia, pois a vida não é mais vivida, é almejada como projeto futuro ou banalizada. O que você vai fazer com essa criança? — gritou, tentando impedir o que estava para acontecer.

— Vou testar sua essência nele para ver o que acontece. Depois eu o desmiolarei assim como fiz com as outras crianças.

Começou a rir alto. Sem desviar o olhar, ele apertou um segundo botão. Uma luz invadiu o quarto. Virei o rosto para evitar a dor e vi uma figura que parecia Angel com o indicador na boca, dizendo para eu me manter em silêncio.

A parafernália fazia barulho. Alguma coisa saía do senhor Summer e corria pelos tubos, terminando num bulbo de fundo chato bem grande. Parecia um plasma. Era como se fosse o néctar de uma planta. Enquanto aquela coisa saía dele, ele gritava de dor.

— Estou vendo que você tem mais néctar que a Primavera.

Nesse momento, meu sangue subiu. Percebi quem era na outra jaula. Meu corpo por inteiro reagiu. Não sabia se era por medo de me tornar como ela ou se era para salvá-la. Sua voz e risada começaram a entrar em minha mente como se fossem agulhas. Nem com toda a minha insanidade eu conseguira quebrar os meus grilhões. Sentia-me impotente. Não conseguiria salvar ninguém. A imagem de Angel voltou a minha mente. Olhei novamente para onde eu a havia visto. Estava inabitado.

Fiquei confuso, questionei-me se eu estava vendo miragens. Se a imagem fora criada pelo medo ou se eu estava ficando doido com todo aquele estresse dos últimos dias. Eu sabia que não era o momento certo para entrar naquela viagem. Aquele cientista estava matando meus professores e eu não podia fazer nada a respeito. Esmoreci de tanto fazer força. Meus membros doíam pelo esforço.

Assim que o bulbo ficou cheio, o cientista desligou a máquina. O silêncio foi bom, porém angustiante. Sem falar nada, ele pegou uma seringa grande. Enfiou na rolha que tampava o bulbo e puxou um pouco daquele material, aparentemente, gelatinoso. Sem soltá-la, ele guardou o bulbo no armário, junto com outros cheios dessa gelatina.

Virou-se e começou a andar em minha direção. Ele se aproximou de forma ameaçadora com aquela seringa. Tentei me soltar com as últimas forças que me restavam e gritar, mas minha garganta estava muito seca.

Eu estava tão tenso que, ao colocar a agulha em mim, ela amassou um pouco. Gritei de dor. Ele dizia:

— Pode gritar o quanto quiser, ninguém vai te ouvir, muito menos te salvar.

Soltou sua risada estridente e injetou o material em meu braço. A dor começou a aumentar. Ela se espalhou para o corpo todo. Comecei a me debater na cadeira. O desgraçado anotava tudo em seu maldito caderno. Sentia meu corpo esticar. Minha cabeça latejava, parecia que explodiria. A última coisa da qual me lembro era do sangue escorrendo pelo meu nariz.

Antes de perder a consciência, escutei alguém gritando e dois vultos correndo em direção ao cientista, que soltou uma bomba de gás. Todos dormimos.

Quando acordei, eu ainda estava amarrado. Alguém segurava minha boca para eu não falar nada. Mesmo assustado, obedeci. Ao abrir os olhos, vi Angel tentando me desamarrar. Mudei de posição para ajudá-la. Vi numa jaula suspensa os três: Cris, Quel e Daniel.

As coisas estavam acontecendo muito rápido. Minha mente havia perdido o controle da situação. Tudo estava estranho. Eles haviam dito que não viriam, mas depois eu os vi entrando em conflito com aquele cara. Agora eles estavam presos, mas Angel estava livre e me soltando.

Ela me soltou com a maior delicadeza possível. Ao me levantar, senti uma tontura. Tive que me sentar novamente. Angel me olhava como se eu fosse estranho. Quando consegui ficar de pé e me esticar inteiro, percebi que ela havia ficado baixinha.

Minha mente ficou mais confusa ainda. Ela não era tão baixa como estava. O que havia acontecido? Eu só me lembrava de ter levado a injeção. Esforcei-me para focar no que estava acontecendo, pois eu precisava salvar meus amigos.

Angel correu para o armário, onde estavam os frascos de néctar, enquanto eu tentava descobrir como tirar meus amigos de lá. Quando consegui descer a jaula, tive uma experiência estranha... Todos me pareciam mais velhos... Como se a vida tivesse sido tirada deles.

Eu precisava pensar rápido. Pelo o que eu estava entendendo, o cientista havia saído e havia passado muito tempo desde que eu apagara. Sem trocar uma palavra, olhei para Angel, que tentava abrir o armário, ele era a chave. Provavelmente, todos aqueles bulbos pertenciam a alguém que passou pelo mesmo procedimento que o senhor Summer. Aproximei-me de Angel e pedi licença. Peguei uma chave de fenda que encontrei, fiz uma alavanca e quebrei-o em dois. Abri-o e, um a um, Angel foi entregando os frascos de néctar para cada um do quarto, que retomavam a idade e cor natural. A juventude foi voltando para cada um deles.

Ao ver a cena, tentei ajudá-la entregando-lhe as essências, pois eu não sabia a quem pertencia qual frasco e temi dá-los para a pessoa errada. Se eu soubesse de antemão que não faria diferença, pois, ao abrir o frasco, o néctar evaporaria e entraria no corpo a que pertencia, não teria tido tanto medo, mas, como eu ainda não sabia disso, receava que acontecesse o mesmo que ocorrera comigo. Estiquei o braço para pegar um dos bulbos, mas errei o cálculo e acabei quebrando dois deles. Fiquei petrificado, sem saber o que fazer. Estava tentando entender o que acabara de acontecer. Eu tinha calculado certo, mas errado a distância, como isso? Eu via aquele plasma se desfazendo no ar como álcool. Entrei em desespero. Tinha perdido a alma de alguém.

O cientista entrou furiosamente no quarto naquele momento. Rugia como um leão. Ele estava diferente. Sua postura era outra:

— Larguem tudo isso! Essas coisas não são brinquedos e não lhes pertencem.

Ele pegou outra bomba que estava numa mesa perto da entrada e jogou-a em nossa direção. Não sei como aconteceu, quando dei por mim, eu estava em cima dele e gritei:

— Nem pertence a você!

Rolamos no chão. Ele parecia diferente mesmo. Estava mais forte, mais encorpado. Escutei Angel gemendo de dor. Desviei o olhar para ela. Não conseguia vê-la. Eu não conseguia entender meu corpo. Assim como ele, eu estava mais rápido e mais forte do que de costume.

— Está tudo bem? — gritei, sem olhar para trás.

Não ouvi nenhum comentário. A culpa de ter quebrado o frasco bateu em meu coração. Estava com certa convicção de que um dos frascos era o de Angel. Ela poderia estar morrendo. Meu cabeção me jogava para situações fantasiosas, eu queria saber se estava tudo bem com meu amor... Mas, naquele momento, eu tinha que focar na luta. Eu estava bobeando, mas precisava vencer a briga para que tudo acabasse logo.

O cientista veio para cima. Minha cabeça estava cheia. Eu tinha que esvaziá-la assim como havia lido nos livros de samurais, mas eu ainda não tinha aprendido como. Não era para mim. Fiz o que eu tinha que fazer. Usei a força bruta.

— Vô! Você era briguento?

— Não, eu nunca fui de brigar, essa foi uma das poucas vezes que tive que usar a força física. Na vida, a força bruta serve para algumas coisas. Nem sempre ela é eficaz.

Gritei para os outros, pois precisava saber se eles estavam bem. Não tive resposta nenhuma.

Eu precisava de espaço para lutar. O lugar era muito pequeno. Nunca tinha brigado antes, por isso, não sabia nem dar um soco. Aquele corpo parecia não me pertencer. Eu não o conhecia. Tinha que me adaptar a ele o mais rápido possível. A força estava maior também, mas do que adiantava tanta força se eu não conseguia acertar o alvo?

Naquele momento, eu não podia tentar controlar a força, não tinha tempo para entendê-la. Eu tinha de vencer de qualquer jeito. Precisava parar de pensar. Precisava agir. Eu não queria morrer de velhice ainda novo.

Ele me empurrou muito forte para trás. Tropecei e caí em cima do armário, quebrando todos os outros bulbos.

Minha raiva estourou. Quase chorando por ter perdido tantas almas, eu pulei em cima dele novamente. Não suportaria ver Angel sem memória ou sem vida... Por que agora? Ela tinha acabado de voltar, estava lá e gostava de mim. Soco após soco, minhas mãos começaram a doer.

O último soco que dei acertou em cheio o rosto dele. A máscara se partiu ao meio. Comecei a escutar os gemidos de todos. Tentei encontrá-los, mas não consegui vê-los em nenhum ponto que meus olhos podiam chegar.

O cientista me chutou em minha distração. Voei para longe. Uma dor em meu abdômen gritava. Não conseguia ficar ereto como antes. Levantei o mais rápido possível, mas não tive tempo para reagir. Ele avançava sem pestanejar. Tentei socá-lo, porém ele desviou das minhas investidas e devolveu um murro em cheio nas minhas costelas. Pelo menos uma delas se quebrou naquele momento. Estava difícil de respirar, a dor queimava todo o meu tronco.

Apesar de ter arrebentado a máscara dele, eu não conseguia ver quem era. Agora eu apenas me protegia dos socos furiosos de meu inimigo. De repente, consegui encontrar um pedaço de cano. Estiquei um dos braços para tentar alcançá-lo. Eu precisava ser rápido. Ao senti-lo, segurei-o com firmeza. Nisso, dois socos vieram e me tiraram o ar. Temi a morte. Antes de perder o ar por completo, bati em sua cabeça e ele voou, terminando de quebrar a máscara.

Fiquei um tempo me contorcendo. Eu tinha apenas uma coisa em minha mente: levantar e libertar os outros. Foram eles que vieram em meu auxílio, antes de conseguirem me colocar de pé. Deu um nó em minha cabeça. Daniel tinha arrombado mais uma fechadura. Comecei a desconfiar que ele fazia aquilo com certa frequência. Olhei para o mascarado, que olhava para o chão. Todos estavam ao meu lado. Daniel, mais baixo também, foi quem falou:

— Você daria um ótimo policial se não fosse a imprudência anterior de sair correndo.

Mal deu tempo de ele terminar sua fala, a polícia invadiu o ambiente. O rosto do cientista ainda estava no mistério. Daniel deu as coordenadas aos seus amigos. A nossa surpresa foi quando descobrimos a identidade do cientista. Mas isso fica para uma outra história, não é?!

Capítulo XXIV

Uma grande decepção

— Voooooooooô! Termina, pelo amor de Deus!

— Ricardinho! Vamos embora? Deixe seu avô em paz!

— Calma, mãe!!!

— Vamos, seu avô deve estar cansado.

Ela entrou na biblioteca. Olhou para seu pai com um sorriso. Ele retribuiu com outro. Ela lembrava muito a sua esposa. Em todos os sentidos. Ele pensou que Ricardinho teria que usar seus melhores argumentos para convencê-la a ficar mais um pouco para a história terminar.

— Vô, você está cansado?

— Um pouco, mas acho que dá para terminar...

— Viu, mãe? Só mais um pouquinho! Por favor!!!

Ela olhou para o pai na intenção de falar "mande este moleque se aprontar que está tarde", mas o pai fingiu que não havia entendido o olhar que ele conhecia tanto.

— Estamos terminando a história. Só mais alguns minutos.

— Mas o senhor precisa descansar.

Ela enfatizou o descansar, mas o pai deu de ombros.

— Por favooooor! Manhê... Você precisa escutar essa história... Ela é demais! Você vai gostar! Está no finalzinho.

Vencida pela insistência dos dois, ela se sentou perto deles para escutar o final da história.

A polícia havia invadido o quarto e ocupado toda aquela sala. Nós ainda não sabíamos qual era a verdadeira identidade do cientista. Seu rosto estava deformado pela briga que tivemos. Não o reconheci de primeira. Seu olhar parecia sem vida. Não conseguia me lembrar de nenhum olhar parecido naquela escola.

— Senhor Gilbert, é o senhor?

Cogitei por reconhecer a camisa que ele usava debaixo do jaleco branco todo manchado.

— Infelizmente é ele mesmo! — senhor Summer falou de algum lugar da sala.

Ao escutar a voz dele, lembrei-me de Angel.

Os policiais se aproximaram do professor e o agarraram. Escoltaram-no para fora. O professor saiu rosnando. Realmente, foi estranho vê-lo partir daquela forma. Olhei para os lados, procurando Ângela. Ela estava nos braços do senhor Summer, que a levava para a enfermaria.

— Senhor Summer? — dona Maria falou com surpresa antes de ver quem estava em seus braços. — Não acredito... Ângela de novo? Senhorita Primavera?

Ela não se aguentou e abraçou os dois antes de pegar a Angel e colocá-la numa maca. Quando ela olhou para mim, disse:

— Antônio, você tomou anabolizantes?

Senhor Summer, com sua calma usual:

— Querida Maria, precisamos tratá-la e já te colocaremos a par de tudo.

Ela fez o melhor que sabia fazer, enquanto escutava toda a história calada. Sua mão estava fechada com força. O senhor Summer sabia contar histórias como ninguém. Ela o esperou terminar todo o relato. Lágrimas saíam de seus belos olhos. Balançava a cabeça, gesticulando que estava inconformada. Joaquina olhava de longe, enquanto cuidava de Angel. Assim que ele terminou, ela saiu correndo porta afora.

Eu fiquei curioso para saber o que ela faria. O ódio estava estampado em seus olhos. Eu a segui.

— Esperem! Por favor!

Ela gritava para os policiais, que colocavam o professor Gilbert no carro. Eles esperaram. Dona Maria questionou o traidor:

— Por quê? Ela não era sua amiga, também?

A pergunta ficou no silêncio. Ela pegou em seu colarinho, chacoalhando-o. Repetia a pergunta da forma mais histérica até o inaudível… "Por quê?"

Os policiais separaram-nos, e ela pôde escutar quase que um sussurro dele:

— Porque ela amava outra pessoa e eu não suportaria viver sem ela. Foi por isso que inventei a máquina… Não queria que ela fosse embora… Então fiquei com parte dela…

Suas frases não faziam sentido. Estavam desconexas, mas antes de ele terminar de falar, ela havia cuspido em seu rosto.

— Não acredito! Quando a gente ama, a gente cuida e não coloca em uma gaiola. Você me dá nojo!

Ela sempre o tivera como exemplo, mas agora percebia que o herói havia se transformado em vilão. Ainda inconformada:

— Mas e as crianças?

Ele não respondeu mais nada. O senhor Summer e a senhorita Primavera se colocaram um de cada lado para conter aquela dor da decepção. Eles abraçaram-na como se fossem seus pais. Ela desmontou ali mesmo. Eles levaram-na para dentro e eu fui junto, pois agora queria ficar ao lado de Angel para vê-la acordar.

Nunca soube explicar. A cada minuto que passava, minha querida tornava-se cada vez mais bela. Quando ela acordou, horas mais tarde, as preocupações atolavam minha cabeça. Não consegui conter as lágrimas. As mesmas que caíram quando sua mãe e você nasceram.

Angel sorriu. Eu, desastradamente, tentei sorrir de volta, mas inútil. Ela pegou em meu rosto e olhou em meus olhos. Percebi que ela também chorava. Era ela, ali. Segurei seu rosto, limpando as lágrimas. Abraçamo-nos.

— Bem-vinda de volta.

— Tudo isso graças a você!

Eu me distanciei um pouco para olhá-la. Ela ficou vermelha e eu também. Por fim, beijamo-nos pela primeira vez.

Sandro e os outros meninos nunca mais nos fizeram nenhuma ameaça. Nós éramos respeitados agora. Era uma sensação boa, inclusive porque eu estava acompanhado por uma pessoa importante para mim. Eu tinha tudo o que alguém podia desejar. Por mim, o mundo podia acabar ali que eu não estava nem aí. Viveria a flutuar.

Capítulo XXV

Um belo desfecho

O avô ficou sonhando e se lembrando daqueles tempos. O garoto queria saber o resto.

— O que aconteceu com a Adriane?

— Quem?

— Vôôôô!!!

Ele e sua filha riram com a espontaneidade.

— Brincadeira. Uma semana depois de o senhor Gilbert ter sido preso, o laboratório dele foi todo destruído. Sua máquina já não existia mais. O desenho do circuito que encontramos na casa do professor Walter era o desenho da máquina de aquecimento interno de uma casa. O documento foi queimado com tudo o que tinha dentro daquela sala obscura. Ninguém da escola ficou sabendo dos detalhes de nossa aventura. Havíamos prometido não contá-los a ninguém.

As pessoas viram o professor Gilbert sendo preso, mas ninguém se perguntou o que estava acontecendo. Desconfiavam de que poderia ter alguma ligação com os casos das meninas. Por algum motivo, a volta de senhor Summer e da senhorita Primavera tomou mais espaço nas fofocas do que a prisão. Depois de um tempo, as outras meninas voltaram. Tiveram alta do hospital, sem nenhum dano psicológico ou de memória. Dona Ana também voltou e parecia bem-disposta. Assim que eu a encontrei, falei sobre o que havia acontecido. Foi quando ela falou que Daniel era seu irmão gêmeo.

Meu nervosismo era tanto que, no meio do processo, eu não havia reparado nas semelhanças. Certo que eu nunca fui bom em fisionomias, mas gêmeos são gêmeos, não é?!

Eu encontrei com o professor Walter algumas vezes conversando com Maria e com a dona Ana, em todas, seu tom de voz era de inconformidade. Ele não conseguia acreditar que Gilbert teria sido capaz de fazer o que fez depois de tantos anos de amizade e confidências. Sua raiva aumentava quando pensava na falsidade de seu colega, que fingira se importar com o sumiço de Adriane e com ele. O ex-amigo o escutava e dava conselhos. O mundo estava quebrado. Ainda por cima, não sabia em que parte do mundo Adriane se encontrava, pois ela poderia ainda estar perdida e sem memória, pois ninguém sabia dizer como as essências, que foram coletadas e armazenadas nos bulbos, funcionavam. Só se sabia que todos os vidros foram quebrados. Apesar da culpa que eu carregava, todas as meninas envolvidas naqueles últimos meses acordaram, como se nada houvesse acontecido.

Depois de uns meses, tivemos uma visita inesperada. Quase nunca recebíamos uma, principalmente agora que não havia mais crianças aparecendo desacordadas. Os pais pararam de ligar para saber se seus filhos também haviam perdido a memória.

Era um dia de sol como qualquer outro. Um táxi estacionou na frente da porta da escola e de dentro dele saiu uma mulher linda. Trajava um vestido leve com decote suave, mas seus babados atraíam meus olhos. Realmente era uma moça muito bela. Tinha certa sensação de que eu já a conhecia. Ela se aproximou da gente.

— Por favor, estou procurando o senhor Summer.

— Claro, ele se encontra na sala dele. Quer companhia? — ofereci-me.

Ela sorriu e me deu o braço. Depois que começamos a andar, torci para que Ângela não visse aquela cena. Fomos até a sala do senhor Summer sem nenhum problema. Ela me agradeceu e bateu à porta. O senhor Summer foi quem a abriu. Ficou feliz de receber aquela pessoa. Convidou-a a entrar. Eu voltei para o pátio. Deixei-os conversando. Um pouco depois, eles apareceram por lá, enquanto eu namorava Angel.

— Toninho, Angel, Cris e Quel, esses são aqueles de quem lhe falei lá dentro — ele nos apresentou para ela. — Crianças, esta é Adriane.

— Oi! — falamos em coro.

Era Adriane, finalmente nós a conhecemos. senhor Summer contou o restante da história e nós completamos com alguns detalhes.

— Não acredito... Vocês têm certeza de que foi o Gilbert?

— Infelizmente temos...

Ela parecia triste em ter aquela notícia. Fiquei pensando que se eu estivesse no lugar dela, também ficaria bem triste.

— Bom, crianças, eu queria agradecer por tudo o que vocês fizeram pela escola.

Ela sorriu e seu sorriso contagiou a todos. Contagiou-me tanto que, depois, Ângela me deu alguns croques na cabeça.

Ao longe, Ana veio andando, meio desconfiada. Tinha escutado que uma linda mulher havia aparecido na escola e ela foi ver quem era a misteriosa.

— Não sei se você se lembra de mim...

Ana chegou perguntando, depois de reconhecê-la.

— Claro! Você estudou um ano abaixo da gente. Ana, não?

— Nossa, que boa memória!

Assim que ela falou, se arrependeu. Adriane sorriu e segurou em sua mão:

— Não tem problema.

Elas continuaram a conversar até que Maria chegou. Ela estava incrédula. Não conseguia acreditar no que seus olhos lhe mostravam. Elas se abraçaram durante um bom tempo. Choraram e se revoltaram com as descobertas.

— Achei que tínhamos perdido você para todo o sempre...

— Felizmente eu me lembrei de grande parte. Muitas coisas estão em conflito. Mas eu me lembro de tudo o que estava acontecendo na época.

Nós éramos os únicos alunos que podiam escutar as histórias, mesmo porque fomos nós que a vivemos.

— Mas o que aconteceu, afinal?

— Não sei diferenciar algumas coisas. Minha lembrança me leva ao momento em que Gilbert tinha me pedido em namoro. Eu até gostava dele, mas como amigo. Eu amava outra pessoa na época. Ele ficou bravo e descontrolado. Pensei ser passageiro aquele descontrole. Tanto que fui me aprontar para voltar para casa. Quando eu estava quase terminando, ele veio à porta do meu quarto e me chamou para ver alguma coisa que ele havia encontrado... Nesse momento, ficou tudo confuso, mas há escadas... não me lembro direito. Todo aquele maquinário. Depois disso, eu não me lembro de mais nada.

— Quem diria... Um de nós... Gilbert? — Maria falou.

— Sinto muito. Eu sei que você sempre gostou dele — Adriane comentou.

— Verdade, mas agora é bola para frente.

— E aqueles casais que estão de orelha em nossa conversa?

— Foram eles que desvendaram o mistério. Está me parecendo que eles conseguiram se encontrar também.

— Verdade...

— Mas me diga. De quem você gostava naquela época?

Adriane ficou vermelha, pois seu sentimento voltou com a memória.

— Vocês juram não dar risada?

— Juramos! — disseram as duas juntas.

— É engraçado que minhas emoções parecem estar naquela época. É como se eu tivesse dormido esse tempo todo.

— Tá! Pare de enrolar! Fala logo!

Todas caíram na gargalhada.

— De Walter.

— O que é que tem eu?

As três pularam num susto. Perderam as palavras e o professor Walter achou graça. Eu nunca o tinha visto daquela maneira, tão solto.

— Desculpem-me. Eu soube que uma bela dama apareceu na escola e eu vim ver quem é esta. Não queria deixá-las constrangidas.

Eles se olharam durante um tempo e depois se abraçaram. Parecia que o tempo não tinha passado entre eles, pareciam dois adolescentes conversando e desconversando. Depois de um tempo, Ana e Maria se ausentaram para tomar seus postos e deixar os dois a sós.

— Quer dar uma volta pela escola? — Walter perguntou, quase sem jeito.

— Claro!

Eles começaram a andar e suas mãos se resvalaram, assim como seus ombros.

— Senti muito a sua falta.

— Assim que eu recuperei a memória... Eu também...

Deram risada.

— Na verdade, eu sentia falta de algo em minha vida, mas eu não conseguia saber o que era. Quando minha memória voltou, outras coisas vieram com ela e algumas coisas começaram a fazer sentido — ela falou, olhando para ele. Ela se distanciou e sentou-se num muro de uma jardineira. — Preciso te dizer algo — falou sem jeito.

— Sou todo ouvidos — ele falou de pé, olhando para ela.

Ela se levantou e afagou a própria mão no rosto dele. Ela se distanciou novamente.

— Nossa última conversa... Aquela coisa ainda está de pé... Se você ainda quiser...

Ele a olhou emocionado.

— Você não sabe como doeu te ver partir. A dor foi maior quando você não conseguia se lembrar de mim. Não se lembrar de nossas promessas. Não se lembrar de nossos sentimentos. Era como se eu tivesse vivido algo irreal. Vivido sozinho coisas conjuntas. Não conseguia achar sentido e fiquei perdido por um bom tempo em minha vida.

— Espero que você me perdoe por isso…

— Não foi sua culpa… Eu tinha uma esperança de que um dia você voltaria. Eu ainda te amo muito.

Ele falou, olhando-a em seus olhos. Ela sorriu e colocou a mão no peito de Walter.

— Espero que você não tenha ninguém…

— Não tenho… Esperava por ti.

Ele sorriu e ela retribuiu o sorriso com outro.

Eles se olharam e se beijaram.

A filha chorava de emoção, enquanto o neto tinha os olhos brilhando. Da porta do escritório, surgiu uma senhora belíssima, com seus cabelos brancos enrolados em um coque alto. Sentou-se junto com sua família e abraçou a todos.

— Vó, o vovô sabe contar história muito bem! Ele nos contou de como vocês se conheceram, não é, mãe?

A avó sorriu. Beijou-lhe a testa.

— Está na hora de vocês irem, seu pai já está bufando do lado de fora. E você, Toninho, seu danado, temos muito que conversar em nosso aposento — falou para seu marido e piscou para a filha.

— Sim, senhora dona Ângela!

Ela se aproximou dele e falou em seu ouvido:

— É só eu me distanciar por um tempo que você se mete em encrencas. Ficarei aqui para sempre!

Eles sorriram e se beijaram.

AGRADECIMENTOS

Primeiramente, aos meus pais, pois sem eles não estaria aqui.

Às crianças do acampamento Kalevala.

A Lúcia Pompeia, que me apoiou neste projeto.

A Cristiane Bastos, por me ajudar a estruturar a parte da gramática.

Aos leitores iniciais e aos futuros leitores.

Aos apoiadores do Catarse:

Ageu Habacuque Ezaledo, Alberto Kenji Ogura, Beatriz Mifano, Carla Boldrini, Debora Piragibe Carneiro, Denis e Cris Ogura, Eduardo Foo, Eduardo Ogura, Erika Morgensztern, Flavia Moraes, Kátia F. Schaedler, Leandro Soares Jacob, Luca Mifano, Luciana Ferreira do Amaral, Maria Nilda Freire Pessoa, Mary Helen L. Santos Simões, Mary Kanaguchi Ogura, Matheus Makoto Ogura, Mie D. Alessandro, Nickolas Mosmann, Nobuko Ogura, Paula Conti, Paulo de Toledo, Priscila Jacob, Rafael Ernest Moritz, Rebeca Tamie Arakaki, Rossana Cassanta Rossi, Taro Kaneko, Telma Mary Kaneko, Yuly Ivete Miazaki de Toledo, Yuli Fujimura, Wagner K. Suzuki e cinco apoiadores anônimos.

Patrocínio:

HOSS CONSTRUTORA

CONSTRUTORA HOSS LTDA.

Músicas

Deus do Céu

(Composição e intrumentalização: Paulo Tiago Akio Ogura)

O que será?
Que significa esta palavra?
Será que é só para hoje ou para sempre
O que se passa na sua cabeça
O que se passa na minha
Eu pareço andar em círculos
Até te encontrar.

Talvez eu seja inconsequente
Mas não consigo evitar.
Oh, Deus do céu, o que fazer?
Pareço me fechar no meu mundinho.

Naquele que eu não posso mais voltar
Naquele do qual você me tirou um tempo atrás
Naquele para o qual eu não quero mais voltar
Naquele do qual você me tirou um tempo atrás.

Oh, Deus do céu, o que fazer?
Pareço me fechar no meu mundinho.

Eu só desejo que você

(Composição e intrumentalização: Paulo Tiago Akio Ogura)

Quem nunca se perdeu na neblina?
Quem nunca subiu a montanha?
Quem nunca temeu o mar?
Quem nunca fez algo para se safar?

O que eu vejo não está além do medo
O que eu preciso é procurar onde está
A minha felicidade
Sabendo que ela pode estar bem ao meu lado
Mas não tenho coragem para enfrentar
Sigo com os sentidos fechados
Rezando para te encontrar
Rezando para me encontrar.

Quando você aparece e me olha,
Meu mundo se transporta para além do mar
Quando você me deixa,
Meu mundo vira pó

Ai, se eu pudesse te guardar e nenhum sentimento mudar
Ai, se eu pudesse te preservar em algum lugar
Meu ser morreria, pois não sentiria a falta de você.

Quando eu olho para o mar,
Vejo seus cabelos nas ondas
Quando eu olho para o céu,
Vejo seu sorriso brilhar como véu.
Ao olhar para a terra, te vejo dançando nela.
Ao olhar para o fogo, quero crer no amor chegando.

Sinto muito, meu amor
Esse sentimento só me trouxe dor
Mas não há o que fazer
Para mudar ou desfazer
Só se eu tirar meu coração
E dominar com a razão
Mas se isso acontecer,
Não sobra alma para viver.

Eu só desejo que você volte e diga que sim.
Eu só desejo que você volte e fique aqui.

Então vá

(Composição e intrumentalização: Paulo Tiago Akio Ogura)

Quando se está sozinho
Sem ninguém para se apoiar
O mundo fica enorme e seu ser a flutuar

De alguma forma, precisamos construir pontes
Apesar de ser mais fácil destruí-las

Não deixe seu coração pesar a emoção
Aprenda a enfrentar a situação

Porque fugir não é a solução
Porque fugir só traz inanição

Daqueles que não falam
Daqueles que não expressam
Daqueles que ficam no chão
Por querer e não por condição

Então vá
E ande pelo mundo
Então vá
Solucionar suas questões
Então vá
E ande pelo mundo

Mas não vá
Virar as costas para a dor
Virar as costas para a dor
Porque ela não vai embora
Ela não te deixa, não
Se você não cuidá-la, não há solução.

Então vá
Não deixe as pessoas esperando
Então vá
E me dê um abraço
Então vá
Diga coisas boas
Mas não vá
De encontro para o vácuo

Então vá
E volte para mim